F.U. Ricardo

Brot und Salz

F. U. Ricardo

Brot und Salz

Roman

Ricardo, F.U.
Brot und Salz
– 1. Aufl. – 2009
Herstellung und Verlag:
Books on Demand GmbH, Norderstedt (www.bod.de)
ISBN: 978-3-839-11612-8

Brot und Salz gelten als Urspeisen!

Brot wird als Kraft spendend verehrt; Salz ist nebst seiner Würze auch ein konservierendes und damit vor Verfall schützendes Mittel.

Beide sind auch Symbol der Gastfreundschaft.

In der alten Volksmedizin wurde Brot und Salz sogar Wirkung gegen Fieber zugeschrieben.

1

Dimitri Semenjow und Patrick Niederegger trafen sich an der Alexandersäule vor dem grossen Winterpalast der früheren Zaren in Sankt Petersburg. Ein Süddeutscher, aus Lindau am Bodensee, und von seinem Familiennamen her zu schliessen ursprünglich wohl ein Schweizer, spricht eher selten russisch. Viel eher spricht ein Russe aus St. Petersburg heutzutage etwas deutsch.

Die beiden an der weiten Welt interessierten jungen Leute lernten sich kennen wie viele andere heutzutage, nämlich durch das Internet. Reicht die russische und deutsche Sprache nicht ganz aus, so können sich viele junge Leute von heute gewiss durchaus auch in englisch verständigen.

Sankt Petersburg, zwischendurch einmal Petrograd und dann Leningrad, trägt wieder seinen ursprünglichen Namen. Diese zweitgrösste Stadt Russlands an der Mündung der Newa, die nördlichste Millionenstadt der Welt und lange Zeit Hauptstadt des russischen Reiches, ist schon, was die eigentliche Kernstadt betrifft, eine einmalige und grossartige Sehenswürdigkeit. Noch mehr: Sie ist ein Juwel!

Aus Bewunderung für die berühmte russische Seele, die unendlichen Weiten des Riesenreiches, und nicht zuletzt wegen seiner Traumstadt Sankt Petersburg lernte Patrick ganz beachtlich die schwierige russische Sprache.

Umgekehrt, ebenfalls aus Bewunderung für den Westen, insbesondere für Deutschland, das Land der Dichter und Denker, das Land des Fleisses, der Präzision und der Gründlichkeit, lernte Dimitri die wohl ebenso schwierige deutsche Sprache.

Nun wollten beide ihr Können anwenden und sich persönlich treffen.

2

Sie verabredeten sich also auf dem grandiosen Schlossplatz an der Alexandersäule, ein Monument, das als grösstes seiner Art auf der Welt gilt und wie so manches andere in Russland gerne als „Bolschoj" angesehen wird. Rundheru, nein glänzten die gewaltigen Paläste, das Winterpalais, die Eremitage und so weiter.

Es war Juni. Ein gut gewählter Zeitpunkt, denn man konnte die berühmten „Weissen Nächte" durchleben. Schon bei Dostojewski. Für die Reichen waren diese Weissen Nächte hauptsächlich durchfeierte Nächte, in denen der Champagner in Strömen floss, in denen man sich hintenherum oder gar offensichtlich betrog, und das nicht nur beim Kartenspiel! Das gab dann oft am nächsten Tag unterhaltsame Duelle, sei es mit Pistole oder Degen. Für viele Arme waren es wohl eher durchhungerte Nächte, mit bestenfalls ein paar Krumen trockenem Brot und fauligem Wasser. Aber wo gab es das nicht, und wo gibt es das auch heute nicht?

Dimitri und Patrick kannten sich durch ihre Homepages besser als manche enge Verwandte. Freudig schlossen sie sich in die Arme, und Dimitri imitierte einen Russen, der sehr schlecht und akzentuiert deutsch spricht: „Briiederchen, chabe grossses Fräide! Gospodin Patrick, leiderr ich chabe kein Brot und Salz für Fräindschaft, aber chabe hier Wodka: Nastarowja, und winsche MIR *(Frieden)* für Däitschland und Russkis. Hittlärr schon lange kaputt, und Väterchen Stalin auch. Gut so, denn beide waren grosses Halunke!"

Herzlich lachend begrüssten sich die beiden und nahmen einen Schluck aus einer Flasche Absolut Vodka. „Dieser Saft ist aber aus Schweden, nicht auch Russland", meinte Patrick.

„Unsere guten nachbarlichen Beziehungen werden immer weiter ausgebaut!", lächelte Dimitri schelmisch und zerrte Patrick über die Weiten des Platzes zu einem kleinen Stilbruch, nämlich zu einem italienischen Restaurant.

„Gibt es denn dies sogar inzwischen hier?", fragte dieser augenzwinkernd.

„Die Italiener haben hier doch die halbe Prunkstadt gebaut mit ihren berühmtesten Architekten und Handwerkern. Endlich Zeit, dass sie hier auch ihre Küche populär machen. Aber ehrlich gesagt: Die russische Küche hat es auch in sich! Du wirst dich in sie verlieben!"

„Ich bin schon verliebt in sie", meinte Patrick begeistert.

„Aber die Echte lernst du nur hier kennen in Mütterchen Russland!"

„Das sagen auch die Italiener von sich, obschon es heute in der ganzen Welt hervorragende und miserable Beispiele gibt!", erwiderte Patrick.

„Man kann sich in Russland auch noch in andere Dinge verlieben, nicht nur in die Küche!"

„Zum Beispiel?"

„In die russische Seele einer attraktiven russischen Frau. Sieh dich vor!"

Über was sprechen wohl zwei weltoffene junge und an vielem interessierte Leute, die sich zwar durchs Netz gut zu kennen glauben, nun aber von Angesicht zu Angesicht beieinandersitzen? Und dies an einem imposanten Ort und Platz? Über die Zarenzeit, die Revolution, den Zerfall der Sowjetunion, die blutigen Kriege mit Zahlen von Toten, die man nicht richtig erfassen kann? Über Folter, Verstümmelung, Zwangsumsiedelungen, Hunger oder Tod? Über

Lager, die aller Menschlichkeit spotteten und die den Hass und Elend ins Unermessliche steigerten? Beide hatten unter anderem auch das berühmte Buch „Archipel Gulag" von Solschenizyn gelesen.

Sie sprachen auch über die Gängelei und Manipulation der Massen unter allen möglichen Systemen, sei es Monarchie, Kommunismus, Kapitalismus, Demokratie und Diktatur. Über den Sinn des Lebens überhaupt, über die Zukunft! Und dies wohl nicht nur tagelang, sondern halbe Nächte hindurch!

Es ist einfach zu hoffen, dass solche Gespräche vor allem unter jungen Leuten mit der Zeit millionenfach überall auf der Welt stattfinden, sodass man endlich aus der Geschichte lernt! Bekanntlich sagte da ja mal vor langer Zeit ein grosser Mann: „Es gibt nichts Neues unter der Sonne!"

„Immer das gleiche blödsinnige und dumme Streben nach Macht, Grösse, Reichtum, Ehre, Geld, Genuss, Sex und so weiter, begleitet von stetem Neid auf den Anderen, der darin vielleicht noch mehr erreicht. Und doch in einsamen Stunden innerlich leer und hohl, mit der bangen Frage: Warum eigentlich und wozu?", so konstatierten die beiden.

Zu diesem Schluss kamen vor ihnen schon manche, und zu diesem Ergebnis werden auch nach ihnen noch Unzählige kommen.

Des Diskutierens und Philosophierens ist kaum ein Ende gegeben. „Aber das ist gut so, denn so lange mit Argumenten geschossen wird, und nicht mit Gewehren, so lange ist Hoffnung auf bessere Zeiten gegeben", meinten die beiden Freunde.

3

Dimitri und Patrick wollten und konnten nicht alle Fragen erschöpfend behandeln. Auch sie merkten bald, dass nach einer einigermassen geklärten Frage allein schon für sie zehn weitere und neue auftauchten.

„Komm, sehen wir uns doch mal das Schöne und Grossartige meines Vaterlandes an, hier in Sankt Petersburg und dann auch im Petershof. Was menschlicher Geist, was nicht zuletzt auch Frömmigkeit hervorgebracht hat, ist doch bewundernswert. – Ja, ich weiss, Patrick, oft durch Peitsche und Schweiss auf dem Buckel der Allerärmsten herausgepresst. Aber wo fand das arme Volk damals doch einen gewissen Frieden? Sie taten es für den von Gottes Gnaden gegebenen Zaren und für das Vaterland; und sie beteten und fluchten wohl zugleich dabei."

„Und dann kam da einer von euren Grossen und meinte: ‚Religion ist Opium für das Volk!' Ich hätte Väterchen Lenin gerne gefragt in seiner letzten

Stunde, als er an Syphilis krepierte, ob er bei seiner Weisheit bleibe oder ob er im Angesicht des Todes nun vielleicht noch andere Fragen habe?", erwiderte Patrick.

„So, nun endgültig aus mit Philosophie! Wir geniessen das Heute, vergessen den ganzen Mist der Vergangenheit und der Gegenwart und konzentrieren uns auf das Schöne", entschied Dimitri.

„Da" *(Ja)*, lächelte Patrick.

Die beiden waren wirklich begeistert von der Fülle der Kunstwerke, die ihre Sinne völlig in ihren Bann zogen. Allein die Kunstwerke in der Eremitage, die ja nur zu einem Teil zugänglich und ausgestellt waren, denn in den Lagerräumen liegen noch unzählige Exponate herum, nahmen die beiden jungen Männer richtiggehend gefangen.

Auch Kunstgenuss macht schliesslich hungrig und durstig. Sie wurden also durch den knurrenden Magen und eine durstige Kehle bald wieder in den Alltag hinein katapultiert.

„Gut Essen und Trinken ist auch eine Kunst", meinten sie, nachdem eine Bestandesaufnahme in ihrem Portemonnaie den Weg in ein entsprechendes Restaurant gewiesen hatte.

Während des Essens meinte Patrick beiläufig: „Die Zoll- und Passkontrolle bei euch ist eigentlich immer noch wie in alten Zeiten!"

„Warum?"

„Der Passkontrolleur hat mich fast geröntgt mit seinen kalten Augen! Er musterte mich, den Pass, das Visum und dann wieder mich, als wenn ich ein westlicher Spion wäre!"

„Nimm es sportlich, mein Freund! Oft sind diese Kerle ehemalige KGB-Leute, die der alten Zeit nachtrauern, in der sie noch etwas galten! Dies schürt den Hass und das Misstrauen gegen euch Westler!"

„Wann endlich werden auch solche verbohrten Kerle weltoffen?"

„Wohl nie! Es braucht eine neue Generation mit neuer Sehensweise!"

Wie wahr das ist, sollte sich später herausstellen!

4

Sie schliefen nach einer guten russischen Bortsch, nach feinen, mit Pilzen gefüllten Blinis, nach fettem Speck und weiss was allem, was die rustikale Küche herzauberte, und natürlich nach etlichen „Wässerchen", in einer Ecke nahe den fantastischen Wasserspielen in den Pärken von Petershof ihren seligen Rausch aus.

Mit dröhnendem Schädel aufgewacht, schon wieder durstig und mit lederner Kehle, bemerkten sie zu ihrem Schreck, dass sie völlig ausgeraubt waren. Geld, Uhr, Handy, Kreditkarten, Pass, einfach alles war weg!

„So viel gesoffen haben wir doch nicht, dass wir nichts bemerkten", klagte Patrick. „Da hat uns ein lieber Bürger deines heiligen Russlands auch noch eines über den Schädel gehauen! Die höllischen Schmerzen an meiner Birne kommen nicht allein von eurem verfluchten Nationalgesöff!", krächzte er mühsam hervor und raffte sich mühsam und schwankend auf.

Die pochende und wachsende Beule an seinem Hinterkopf bestätigte seine Vermutung.

„Warum trägst denn du dummer Hund alles auf dir herum", meinte Dimitri mit bewundernswerter Kraft zum Leiden, die er wohl von seinen Vorfahren immer noch in den Knochen hatte.

„Wir sind doch hier nicht in Lindau am schönen Bodensee, wo der stolze bayrische Löwe an der Hafenmole hinüber in die Schweiz blickt und anscheinend alles so gründlich deutsch geordnet ist. Will dieser Löwe denn wirklich dort bleiben und Wache halten über euren Freistaat? Oder will er vielleicht auch auswandern wie viele andere hinüber ins gelobte kleine Banken- und Schokoladenland?"

Sie schauten einander verdutzt an und umarmten sich stöhnend vor Schmerz, aber auch glucksend vor Lachen. „Ich hoffe sehr, dass Berlin hier in Petersburg ein Konsulat betreibt. Sonst liege ich dir auf der Tasche und muss wohl bald wieder abgeschoben werden!", meinte Patrick.

„So schnell verlässt man mich nicht, mein Kumpel! Wir haben noch vieles zu philosophieren. Über die Atheisten bei uns an der Staatsspitze, ehemals beim KGB und heute küssen sie das Kreuz des Patriarchen. Über die heilige orthodoxe Kirche, die sich bei der Regierung wieder einschleicht. Beide brauchen einander dringend, um das grosse Wackeln zu verhindern. Wer sind wohl die grösseren Schauspieler?"

„Dimitri, davon ein andermal! Jetzt ab unter eine Dusche. Dann schmieren und salben wir unseren geschundenen Habitus und dann ab zu einer vernünftigen Bankfiliale, die meine Kontonummer der Bayrischen Landesbank akzeptiert. Zuallererst natürlich zum dritten Sekretär des Konsuls der Bundesrepublik Deutschland für einen Notpass. Der Konsul persönlich wird uns für so eine Lappalie wohl kaum empfangen."

„Und dann", fragte Dimitri trotz dem Missgeschick belustigt?

„Dann gehen wir schlafen und schmieden hernach neue Pläne! Russland ist gross und weit. Ich möchte mal in die Tundra und Taiga von Sibirien, und zwar in einer Zeit ohne klirrenden Frost und ohne Schlamm!"

„Gerne, denn jetzt ist die Zeit der fantastischen Mückenschwärme". Tötest du eine, so kommen eine Milliarde zu deren Beerdigung! Die wirklich grösste Plage der Taiga sind nicht etwas die Wölfe und Bären, sondern vor allem die unendlichen Mückenschwärme, die wie ein Sandsturm über dich herfallen und dir in den Mund, die Nase und in die Ohren kriechen!"

„Verlockend, so was mal zu erleben!", meinte Patrick, nun doch etwas beunruhigt. Die Neugierde aber überwog.

5

Sibirien kann man eigentlich nie richtig fassen und begreifen, auch nicht durch das Lesen von Büchern und das Brüten über Landkarten und Staunen über imposante und grossartige Bilder. Es ist ein Koloss solcher Grösse, den man wenigstens zum Teil persönlich erlebt haben muss, um eine gewisse Ahnung und Vorstellung zu bekommen! Nur stundenlang Darüber-hinweg-Fliegen und Aus-dem-Flugzeugfenster-Gucken genügt nicht für einen nachhaltigen Eindruck.

Man muss schon selbst durch unendliche Wälder gestreift sein oder auch tagelang mit einem Fahrzeug hunderte von Werst auf holperigen Wegen durchschaukelt haben, um einen etwas nachhaltigen Eindruck zu gewinnen.

Es war einfach Wahnsinn, ob Napoleon mit seiner Grande Armée oder ob viel später Hitler mit seiner motorisierten Soldateska, selbst mit Panzern und Flugzeugen, ein solches Gebiet erobern und beherrschen zu wollten: Der Mensch verliert sich hier in den Weiten wie ein Würmchen oder wie eine Ameise.

Auch nach Zwangsdeportationen unzähliger Strafgefangener durch Jahrhunderte, nach Umsiedelungen, selbst nach unglaublichen Funden von Bodenschätzen und Energiequellen, die neue Menschenmassen anlockten, zählt dieses Territorium von nahezu 10 Millionen Quadratkilometern lediglich ungefähr dreimal soviel Einwohner wie die Schweiz! Es gibt also dort wohl wirklich mehr Bären und Wölfe als Menschen!

Genug der Zahlen, die man sich doch nicht vorstellen kann! Auch heute noch gilt dort gewiss das alte Wort: „Der Zar ist weit!" Und Moskau und Sankt Petersburg auch!

Dimitri und Patrick erreichten nach wochenlangen, strapaziösen, aber auch äusserst interessanten Reisen Jakutien in Fernost. Jakutsk liegt mit sechs Stunden Zeitverschiebung an dem gewaltigen Strom Lena.

Sie trampten und reisten zum Teil mit der Transsib, zum Teil per Autostop. In Russland ist dies nicht so sehr beliebt und bekannt, ja, vermutlich sogar oft gefährlich. Sie zogen bewusst teilweise die alten Pfade, die früher Sträflinge in Ketten zurücklegten und dabei oft krepierten vor Unterernährung, Kälte oder Peitschenhieben sadistischer Aufseher. Kurz: Sie schnupperten die Weiten des heiligen Russlands.

Tatsächlich wurden die beiden in einem bescheidenen Hotel in Jakutsk mit Brot und Salz begrüsst, nach alter Sitte der Gastfreundschaft. Irgendwie wirkt dieser Brauch dort auch heute noch als sehr angenehme und berührende Zeremonie, die man in überbevölkerten Gebieten vielleicht nur als verstaubt belächeln würde.

Hier aber zeigte der alte Brauch der Gastfreundschaft etwas Erhabenes, wenngleich für manche Oberflächlichen dies vielleicht nur ein Touristengag sein mag.

6

Was unternehmen zwei junge Leute in Jakutsk als Touristen? Sie staunen wirklich über die Dimensionen der Landschaft, über die Ruhe und Abgeschiedenheit, über die Zufriedenheit, Bescheidenheit oder auch Abgestumpftheit, ja, Fatalität der Menschen dort, die in einem Klima leben, das zwischen heissen Sommern und klirrender Kälte im Winter Temperaturunterschiede bis zu achtzig Grad Celsius aushalten.

Sie staunen über die Majestät der russischen Ströme, die eine Breite und Grösse haben, dagegen die westeuropäischen stolzen Flüsse nur wie Rinnsale wirken.
Sie wundern sich über den Permafrost in wenigen Metern Tiefe und die kurze Zeit des Tauwetters, der die meisten Bauten nach wenigen Jahren in Schieflage bringt. Sie wundern sich, dass in der kurzen Zeit, in der dort Frühjahr, Sommer und Herbst in wenigen Monaten zusammentreffen, doch so viel an Früchten und Gemüse gedeiht.

Und sie sind erstaunt, dass nach über 70 Jahren Atheismus die Religiosität bei vielen Einwohnern ungebrochen ist.

„Im Gegensatz zum Beispiel in der ehemaligen DDR", meinte Patrick zu seinem Freund, „in der nach nur 40 Jahren Sozialismus über siebzig Prozent der Leute nicht mehr gläubig sind!"

„Das ist eben eure berühmte deutsche Gründlichkeit", bemerkte Dimitri. Patrick fand nicht heraus, ob sein Freund dies im Ernst oder im Spott meinte. „Aber pass auf: Wenn es dann ans Sterben geht, suchen doch wieder manche irgendein Gottesbild!" Dies meinte Dimitri nun wirklich im Ernst.

Aber mit der Zeit beginnen sich die jungen Leute auch zu langweilen, weil sie doch Kinder aus einer anderen Welt sind! Immer nur Ruhe, immer nur Einsamkeit, das kann schmerzhaft sein, vor allem für Stadtmenschen.

Diese Langeweile wurde bei einem ihrer Ausflüge in die nähere und weitere Umgebung tüchtig unterbrochen, als die beiden in einem gottverlassenen und etwas verwilderten Lärchenwald von einem bärtigen alten Zobeljäger (oder war es ein Überbleibsel, ein Fossil, oder eine Art Yeti der Taiga und Tundra von Ostsibirien?) der mit einer alten Flinte auf sie zielte angeschrien wurden: „Stoj!"

Der Schuss krachte, und ein sich anschleichender Wolf hinter ihnen lag in Todeszuckungen in seinem Blut.

„Der bräuchte wirklich mal eine neue Kanone", meinte Patrick, innerlich aber durch und durch erschrocken. Er dachte doch tatsächlich zunächst, der Schuss gälte ihnen.

Die beiden staunten noch mehr, als der vielleicht über achtzigjährige „Urbewohner" sie misstrauisch beäugte und fragte: „Russki? Germansky?"

„Beides", antworteten die Jungen. „Ich Russki", deutete Dimitri auf sich, „und er Germansky", mit einer Handbewegung auf Patrick.

Noch mehr staunten die beiden, als aus einer einfachen Blockhütte ein anmutiges, eurasisches, einfach unbeschreiblich faszinierendes Wesen trat und auf sie zukam.

„Marinka", meinte der Bärtige, und drohte dabei erneut mit finsteren Augen und mit der alten Büchse. „Meine Tochter. Die späte Frucht meiner Frau, meiner einzigen und grossen Liebe. Wer sie ungebührlich ansieht oder gar berührt, dem ergeht es wie dem räudigen Wolf dahinten!"

Unwillkürlich merkte der alte Brummbär, dass er deutsch sprach mit einem schwäbischen Akzent, und, oh Wunder, dass ihn die beiden Jungen verstanden.

„Ich habe in meinem Leben genug auf Menschen geschossen! Auf Tiere schiesse ich nur für Nahrung oder wenn sie räudig sind wie der kleine tote Mistkerl da hinter euch. Kommt!" Er nahm den Kadaver vorsichtig in die eine Hand und schritt bedächtig zur Hütte.

„Also, ich heisse Ilja, zu Deutsch Elias, denn meine Eltern aus Friedrichshafen am Bodensee waren fromme Leute! Und mein Nachname ist heute Voskresenskij, was so viel heisst wie Auferstehung. Früher hiess ich Müller! Ich habe mehr gesehen, gelitten und durchlebt als in einem einzigen Leben zu ertragen ist. Meine Lebensgeschichte würde Bücher füllen, aber wen interessiert dies schon?"

„Bitte erzählen Sie", baten beide Jungen voller Verlangen, als sich die drei um einen roh gezimmerten Holztisch setzten und, wie könnte es anders sein, von Marinka mit Salz und Brot willkommen geheissen wurden. Misstrauisch beobachtete Ilja die Blicke der beiden, die sich wie magisch an dem wohl etwa fünfundzwanzigjährigen Mädchen festsogen.

„Machen wir es kurz. Ich war, als Hitler in Russland einmarschierte, ein deutscher Landser wie Hunderttausende andere auch. Nur: Ich war überzeugter Kommunist und desertierte zur Roten Armee. Bald darauf wurde ich dort zum Offizier befördert, denn die Verluste der Russen waren in den ersten Kriegsmonaten grauenhaft. Dann bemerkte ich bald, dass auf allen Seiten die gleichen Scheusslichkeiten verübt wurden und Millionen sinnlos krepierten für den Wahnsinn der Diktatoren. Ich war einer der ersten der Roten Armee, die in Berlin einmarschierten, eben als Ilja Voskresenskij und als ziemlich ernüchterter Major des zerlumpten Haufens der sogenannten Sieger.

Später wurde ich wegen meiner Kenntnisse in Medizin, Technik, Sprachen und einigem anderen mehr einer der armen Hunde der Lagerkommandanten in irgendeiner Ecke Sibiriens, die es für Kriegsgefangene zu Hunderten gab.

Dort kam es zu einem weiteren grossen Sterben; die Zeit zum Verrücktwerden war also noch nicht vorbei. Es kam die Phase der ersten Heimkehr, vermutlich nicht zuletzt durch eine kluge Politik eines Konrad Adenauers. Es brach schliesslich sogar die Zeit an, in der die allermeisten Lager aufgelöst wurden. Alle? Wer weiss das schon!

Ich zog mit einer Lagerärztin, die ich liebte, nach der Schliessung dieser Hölle hierher in die Einsamkeit der Wölfe, um endlich Ruhe und Frieden zu finden in dieser verrückten Welt. Ihr Grossvater war ein Verbannter alter Adliger aus dem ehemaligen Sankt Petersburg und ihre Grossmutter eine jakutische Frau. Sie war eine Seele von Mensch, ein Täubchen voller Anmut, Wärme und Liebe. Marinka ist ein Abbild ihrer Mutter. Da, hinter der Hütte liegt das Grab meiner Frau; es ist für mich nebst meiner Tochter der wichtigste Ort meines Lebens.

Dort weile ich mehr in meinen Gedanken und Gefühlen als irgendwo auf der Welt. Marinka ist unsere einzige Tochter und meine einzige Liebe auf dieser Welt. Ich bin jetzt weit über achtzig Jahre alt, und meine Tage sind gezählt. Auch wenn die Menschen hier alt werden wie Methusalem. So, fertig für heute mit meiner Geschichte! Warum erzähle ich euch eigentlich dies alles, zum Teufel noch mal?"

„Ja, noch eines müsst ihr wissen, ihr Jüngelchen! Menschen haben mich bis auf meine Frau und meine Tochter alle enttäuscht. Ich mich selbst eigentlich auch. Aber mein Glaube an Gott ist geblieben. Und der Tag der endgültigen Gerechtigkeit kommt. Ihr könnt darüber lachen oder nicht!"

„Wir würden uns schämen, darüber zu lachen!", erwiderte Patrick. „Aber wie können Sie nach einem solchen Leben noch an Gott glauben?"

„Weil er den Menschen nicht als Roboter geschaffen hat, sondern mit einem eigenen Willen. Und weil der Mensch allein verantwortlich ist für all den jahrtausendealten Scheiss, den er gemacht hat. Was hat denn Gott damit zu tun? Ich bin kein Pfaffe, die haben mich auch zutiefst enttäuscht. Ich hatte aber eine gläubige Grossmutter, aus dem Pietismus im Schwabenland. Was die in mich hineinlegte, war mehr als ein paar fromme Verse aus den Psalmen! Wisst ihr, ob Darwin Recht hat mit seiner Evolutionstheorie oder die Kreationisten mit ihrem sturen buchstäblichen Schöpfungsbericht, bleibt sich doch einerlei. Über allem ist eine schaffende Kraft des Lebens. Sonst wäre der Mensch nur eine unnötige und nutzlose Bestie!

Alles Schöngeistige, alle Musen, alle Künste, alle Entdeckungen und wissenschaftlichen Errungenschaften würden ohne einen solch inneren Halt in einem Leben wie meinem sonst zu einer Schimäre, einem Trugbild! Aber genug philosophiert. Eine so ausgiebige Rede habe ich schon lange nicht mehr gehalten. Warum ausgerechnet zu euch beiden, das weiss ich auch nicht. Vielleicht redet ein alter Mann, wenn er mal andere Gesichter sieht, einfach gerne zu viel! Irgendwie müsst ihr mir sehr sympathisch sein!

Lasst uns nun essen und trinken! Ihr glaubt gar nicht, was in einer Waldhütte in Russland alles auf den Tisch gezaubert werden kann!"

Inzwischen fragten sich Dimitri und Patrick ernstlich, ob sie träumten oder nicht. „Gibt es denn so etwas heute noch?", so fragten sie sich ernsthaft! Vielleicht öfter als man vermuten würde!

7

Was da an allerlei Speise und Trank aufgetragen wurde, konnte unmöglich in einem näheren und auch weiteren Umkreis geerntet, gejagt, eingekauft, ja, nicht einmal gestohlen worden sein. Die vier Einsiedler fühlten sich in dieser Einsamkeit wie zu Gast bei Lukullus.

„Ihr neugierige Burschen fragt euch bestimmt, wie und woher mit alledem! Nun, das ist eine weitere Geschichte, die ich euch später erzähle, wenn ihr Lust habt. Kommt wieder vorbei nach ein paar Tagen und verarbeitet inzwischen innerlich, was ihr hier angetroffen habt. Einfach noch Folgendes: Fast alle Menschen haben mich in meinem Leben beschissen, und jetzt bescheisse ich so viele, wie es von hier aus möglich ist. Nicht aus später Rache, sondern alles nur zum künftigen Wohl meiner Marinka.

Wenn sich für mich der Kreis schliesst und ich zu meiner grossen Liebe zurückkehre in einem anderen Leben und in eine bessere Welt, soll sie mich hier begraben und ein Leben wählen nach ihrem Wunsch. Wenn ihr mir in irgendeiner Weise da hineinpfuscht, dann bin ich gerne wieder mal Lagerkommandant und Folterknecht in einem. – Ich habe nämlich hier ein paar Hightech-Spielzeuge versteckt, mit denen ich kommunizieren kann, wie sich dies vielleicht mancher Agent wünscht!"

Als sich Patrick und Dimitri, überwältigt von allem, davon trollten, zurück in ihre Herberge in Jakutsk, spielten sie in ihren Köpfen die verrücktesten Szenarien ab, was wohl noch alles hinter ihrem „Elias" stecken mochte.

In ihren Herzen spuckten die traumhaften Erinnerungen und das einmalige Bild der Marinka hin und her. Beide hatten sich, ohne sich es selbst zugestehen zu wollen, vermutlich heillos in sie verliebt. Beide forschten in den Gedankengängen des anderen, vermieden aber darüber jedes Wort.

„Ist hier schon ein Ende unserer schönen Freundschaft abzusehen?", fragte sich jeder im Stillen. „Gibt es vielleicht bald einen bösen Streit? Wie immer und überall wegen einer Frau?"

„Ist unser Ilja vielleicht eine Art Doppelagent? Wenn ja, für wen? Er spricht ja von Beschiss auf allen Seiten! Wie und mit wem konnte er in dieser Wildnis ungestört kommunizieren? Und über was?

Fragen über Fragen!" Es brodelte in ihnen, und sie konnten das nächste Zusammenkommen in der Waldhütte kaum erwarten. „Wirklich: Das Leben schreibt die verrücktesten Geschichten!"

Die Stunden tropften zäh dahin und wurden zu kleinen Ewigkeiten. Patrick und Dimitri konnten nicht länger zuwarten. Sie machten sich bereits am übernächsten Tag wieder auf zur Waldhütte.

Ilja grinste bei ihrem Erscheinen leise vor sich hin. Er hatte von den beiden nichts anderes erwartet!

8

„Also, Jungs", meinte er, wieder am gemütlichen Tisch sitzend, „eigentlich sollten wir den kurzen Sommer hier nutzen und uns nicht im Haus verkriechen. Das kann man im Winter noch lange genug. Auch die Tundra und die Taiga blühen. Duft und Vogelgezwitscher sind in der Luft. Die Mücken werden hier kaum eine Plage, denn die nächsten Sumpfgebiete liegen ziemlich weit entfernt. Hier atmet man einen Hauch von oben. Aber fertig mit der Poesie!

Wir Deutschen, die kurz hintereinander die zwei grössten Kriege angezettelt haben, wir Idioten, lieferten am Ende den Amis und den Russen die letzten Pläne für den endgültigen Bau für Kernwaffen, aber zum Teil auch für Raketenantrieb, die diese Ausgeburten der Hölle heutzutage in entfernte Ecken der Welt tragen können Während die Russen in Deutschland ganze Fabriken abbauten und nach Hause transportierten, haben die Amis einige gute Techniker und Physiker ins gelobte Land ‚eingeladen'. Ist das jetzt wohl unser ‚Endsieg'?

Nun, ich ‚melke' seit einiger Zeit ein wenig die Japaner, die Chinesen und selbst die Islamisten aus dem Kaukasus in ihrer Gier nach Macht, Einfluss, Geld und Bodenschätzen. Ich weiss: Alles ist ein Spiel mit dem Tod; ja! Aber dieser kommt doch so oder so! Alle geheimen Dinge müsst ihr nicht wissen. Ich habe satellitengesteuerte und abhörsichere Kommunikationsmöglichkeiten und dafür die nötigen Generatoren. Einfach alles nötige ‚Spielzeug', um alle auf Trab zu halten.

Hier gibt es geheime Umsturzverschwörungen, die meinen, auch heute noch sei Russland viel zu gross. Hier gibt es Bodenschätze, die längst noch nicht ausgebeutet sind. Hier liegen für künftige militärische Strategien ganz neue Möglichkeiten. Der blödsinnige Traum der Weltherrschaft ist wohl nie ausgeträumt.

Ich zeige euch, was ihr wissen sollt, wenn mir etwas Menschliches zustösst. Marinka weiss auch nicht alles. Das wäre für sie viel zu gefährlich oder sogar tödlich! Aber sie weiss auch, dass in jedem Menschen ein Satan stecken kann und sie kann langsam, schnell oder auch lautlos töten. Sie ist kein Schmusekätzchen und weiss mehr über unsere beschissene Welt als mancher Hochschulabgänger! Das war für heute mein Vortrag. Wieder frage ich mich, warum ich eigentlich euch zwei Unbekannten alles erzähle? Jungs: Ihr habt einfach eine ehrliche Visage, wie ich sie selten gesehen habe. Und zudem ist in mir eine Ahnung von einem baldigen Ende. Nun, ein anderes Mal vielleicht noch etwas mehr!"

Mit versonnen-traurigem Blick schaute Marinka den beiden Heimzottelnden nach. „Was, wenn ich sie nie wieder sehen sollte? Was, wenn sie Verräter würden? Ich könnte die beiden nicht töten!", flüsterte sie leise.

„Kann man nach einem solch verrückten Leben überhaupt eines normalen Todes sterben", fragte sich gleichzeitig Ilja? Nun, Marinka wusste wohin bei Gefahr. In einem verwinkelten Stollenwerk einer stillgelegten Mine lagerten luftdicht geschützt einige CD und Festplatten, die alle relevanten Daten enthielten. Auf seinem Laptop in der Bodensenke der Hütte löschte Ilja alle Daten immer wieder sorgfältig, obschon er hörte, dass gewisse „Zauberlehrlinge" vieles wieder zum Leben erwecken können.

Mit seinen „Geschäften" bunkerte Ilja in Hartwährungen Geld in etlichen der sogenannten vielgeliebten und vielgehassten Steueroasen der Welt. Darunter natürlich auch die klassischen Orte wie Liechtenstein, Schweiz, Luxemburg, britische Kanalinseln und noch einige andere. Sorgen machten ihm neuerdings nur die Horrormeldungen der Banken- und Wirtschaftskrise. „Es ist auf dieser verfluchten Welt einfach nichts mehr sicher; nur der Tod!"

Und dieser kam plötzlich und schrecklich, für ihn und etliche andere!

9

Der zwar geheime und verschlüsselte, aber immer etwas reger werdende E-Mail- und Funkverkehr aus dieser abgeschiedenen Idylle im fernen Sibirien wurde doch entdeckt und ausgeforscht. Der „gläserne Mensch" wird auch in undurchdringlichen und riesigen Wäldern immer sichtbarer, hörbarer und greifbarer. Die Technik entwickelt sich in einem Wahnsinnstempo, dass bald sogar Gedanken gelesen werden können.

Ganz grosse „Hacker" stehen natürlich auch im Dienst der russischen Regierung. Wer weiss: Vielleicht war auch Verrat der sich spinnefeind gegenüberstehenden Parteien aus Asien und dem Kaukasus im Spiel. Doppelagenten auch hier? Für Geld ist alles möglich!

Dimitri schlich sich noch am selben Abend ohne Patrick zurück zur der Hütte. Er verlief sich zunächst hoffnungslos in der Dunkelheit, versuchte aber sein Glück immer wieder. Die Sehnsucht nach Marinka verlieh ihm eine Triebkraft sondergleichen. Gegenüber Patrick hatte er sich hinter Unwohlsein und Kopfschmerzen versteckt und zu Bett begeben.

Als er nach endlosem Suchen in die Nähe (*seiner?*) Marinka herumschlich, wimmelte es in der ganzen Umgebung von Sonderkommandos des Militärs und wohl einem halben Dutzend Geheimdiensten. Taghell war ein grauenhafter Schauplatz erleuchtet, auf dem etliche Leichen wüst zugerichtet und in grotesken Verrenkungen in ihrem Blut lagen.

„Stoj", wurde er angeschrien und sofort brutal festgenommen. Auf dem fürchterlichen Weg zu einer mobilen Verhörzentrale sah Dimitri einige weitere verstümmelte Körper, die wie Höllenfratzen mit kalten und toten Augen in den Himmel glotzten. Auch zwei oder mehr Japaner oder Chinesen sowie etliche Uniformierte lagen mit zerfetzten Leibern herum.

Und dann, oh Gott: Ilja! Er hatte vermutlich, nachdem er mit einer modernen Waffe seine Widersacher umgemäht hatte, sich selbst gerichtet. Er lag doch tatsächlich mit einem triumphierenden Lächeln da und machte den Anschein, endlich Ruhe und Frieden gefunden zu haben. Es war gespenstisch, es war grauenvoll. Ilja wollte vermutlich keines seiner Geheimnisse durch Folter, Wahrheitsserum und Drogen preisgeben und hatte sich nach blutiger Ernte selbst umgebracht. „Aber", so schrie Dimitri in seinem Innern: „Wo ist Marinka?"

Zerstampfte hochtechnische Apparate aller Art, die er zuvor noch nie gesehen hatte, wurden sorgfältig aussortiert. Dutzende wohl abhörsichere Handys summten. Weitere Hubschrauber waren im Anflug. Flüche, Schreie von Verwundeten, Gestank von verbranntem Fleisch; einfach ein höllisches Inferno!

Aber das Schlimmste stand ihm bevor: Ein Verhörspezialist, vielleicht aus der Glanzzeit der Sowjetunion stammend, der nun endlich wieder „Arbeit" gefunden hatte, widmete sich Dimitri in den nächsten Stunden. Darüber zu schreiben, sträubt sich die Feder. Alle seine zum grossen Teil auch wirkliche Unwissenheit und das wenige wirkliche Wissen der letzten Tage wurde aus ihm herausgeprügelt.

„Dimitri ist ja Russe, da kann man schon beherzt zugreifen, alte Genossen, oder nicht?" Der Sadist erntete aber nur zum Teil ein zustimmendes Lächeln. Als der Morgen graute über all dem Grauen, war Dimitri tot.

Im Hotel schlief Patrick friedlich weiter. Denn eines hatten die Folterschweine seinem Freund Dimitri nicht entlocken können: Dass er mit ihm gemeinsam durch Russlands Weiten gewandert war. Aber wie lange würde dies wohl ein Geheimnis bleiben? Immerhin: Die beiden waren seit ihrem Aufbruch aus Sankt Petersburg auf keinem Flughafen fotografiert worden. Sie reisten wirklich wie die Tramper wochenlang durch abgeschiedene Gebiete und gottverlassene Dörfer.

Bis da alle Befragungen durchgeführt wurden, konnte es schon dauern. Wirklich, der alte Spruch gilt hier immer wieder neu: „Moskau und der Zar sind weit!" Dies trotz modernster Technik, denn in vielen Teilen der unendlichen Taiga ist die Zeit still gestanden. Und vor allem: Die Menschen dort haben durch all die Jahrhunderte eines gelernt: Schweigen gegenüber den staatlichen Ermittlern!

„Am Ende ist man doch immer der Lackierte!"

10

Marinka kauerte schluchzend, zitternd und verzweifelt in sich zusammengesunken in einem vorläufig gewiss sicheren Nebenraum des längst verlassenen Stollens eines Bergwerkes. Was dort verwahrt wurde, war niemals mehr zu finden. Das schreckliche Geschehen ereignete sich in der Nähe.

„Wie lange muss Sibiriens Erde noch immer mit Blut getränkt werden?", betete sie fragend und auch zweifelnd zu einem Gott, an den sie zwar glaubte, den sie aber jetzt nicht begriff. In der Hand hielt sie eine der Disketten, deren brisanter Inhalt ihr doch zu wenig bekannt war, der aber zu einer ernsthaften Krise, wenn nicht zu Krieg in einer riesigen Region führen könnte. Soviel wusste sie von ihrem Vater Ilja.

„So klein, so heiss, so brisant, hol doch der Teufel die ganze Technik! Aber dies sichert meine Zukunft!"

Moskau tobte! Diplomatische Noten schwirrten durch die halbe Welt, Botschafter wurden zitiert, Köpfe rollten in den Geheimdiensten. Aber „man" erntete vielerorts ein Achselzucken und auch eine heimliche Schadenfreude.

„Dieser Ilja!", fluchte ein hochrangiger Abwehroffizier schon im Verlauf des nächsten Morgens. Auch in alten und verstaubten Archiven in Moskau haben Hightech-Geräte Einkehr gefunden. Spezialisten fanden in relativ kurzer Zeit heraus, wer dieser Hund in Wirklichkeit einmal war.

„Welche Schande: ein ehemaliger Major der siegreichen Roten Armee im Grossen Vaterländischen Krieg. Und, pfui Teufel: Dazu noch ein ehemaliger Deutscher! Diesen Germanskys ist einfach nie und nimmer zu trauen. Viele waren und bleiben verfluchte Nazis!"

Der Wodka floss in Strömen, natürlich nur bei den höheren Chargen, denn offiziell war Alkohol bei der Arbeit verboten. Die Verwünschungen erfolgten in alle Richtungen. Einige hofften natürlich beim abschliessenden Köpferollen schon wieder auf eine Beförderung. Dies musste so oder so gefeiert werden mit einem oder mehreren Wässerchen.

„Man" beschloss schliesslich in Moskau, die Sache vorläufig im Sande verlaufen zu lassen. Vorläufig und offiziell natürlich. Im Geheimen wurde intensiv weiter gearbeitet. Blamiert hatte man sich ja wirklich bis auf die Knochen. Minutiöses Suchen ergab einige nicht weiter auswertbare Spuren.

„Diese Trottel in der ersten Einsatzgruppe haben doch tatsächlich alle hochsensiblen Geräte zertrümmert. So kann man nichts mehr rekonstruieren. Man wird diese Idioten zur Verantwortung ziehen", gelobte der ermittelnde hochrangige Geheimdienstmann.

In Wirklichkeit zerstörte Iljas selbst seine technischen Wunderwaffen, bevor er etliche Lebenslichter der Angreifer auslöschte und dann sich selbst in die ewige Nacht schickte.

Er hatte einen einfachen und gerade darum genialen Fluchtplan für seine Tochter Marinka ausgedacht. Als ehemaliger Lagerkommandant hatte er in solchen Dingen eine Perfektion erreicht, um die ihn wohl mancher beneiden würde.

11

Marinka, die sich nun wieder etwas gefasst hatte, schlich entschlossen auf Pfaden auf und davon, die nur ihr Vater, sie und allenfalls Luchse, Wölfe und Bären kannten. Man sucht meist nicht dort, wo man eigentlich am ehesten vermutet werden könnte. Sie huschte wie ein Gespenst zu Patrick ins bescheidene Hotelzimmer in Jakutsk. Woher sie sein Hotel kannte, ja, sogar seine Zimmer-Nummer? Nun, die Liebe findet immer einen Weg.

Dieser zweite Teil der Flucht Marinkas war nicht nach Iljas Plan; aber dieser konnte ja auch nichts wissen von den sich überstürzenden Ereignissen der letzten wenigen Tage und Stunden. Er ahnte allerdings irgendwann, dass sich seine Marinka heillos in Patrick verlieben würde. Dies beglückte und beunruhigte ihn zugleich. Welcher Vater ist nicht eifersüchtig auf den Mann seiner Tochter?

Jene Stunden bis zum Tagesanbruch der beiden zu schildern, in der sie sich ihre Liebe gestanden, in denen sie weinten und sich aneinanderklammerten wie Ertrinkende, dafür gibt es in keiner Sprache genügende Wörter. Kein Vokabular trifft den Kern. Da spricht nur noch der Urinstinkt, besser gesagt: Die Seele und die Liebe.

Als begnadete Violinistin, natürlich unter einer anderen Lebensgeschichte und Identität, hatte Marinka in der Tasche bereits eine Einladung als Solistin nach Prag. In einer der dortigen Opern sollte in wenigen Tagen ihr Auftritt sein, zum Stolz Russlands, das solche Virtuosen hervorbrachte. Hatte Ilja geahnt oder gar gewusst, dass der Höllentanz demnächst losgehen würde? Wohl schon, darum auch die minutiös geplante Reise für Marinka.

Er ahnte, dass die Abhörtechnik immer raffinierter wurde. Durch Infrarot- und Wärmesensoren konnte man via Satelliten kleinste Dinge erfassen. Noch mehr durch unbemannte Drohnen. Waren in den Anfängen die Aktivitäten Iljas noch völlig abgeschirmt, so überschlugen sich die Computer- und Hightechmöglichkeiten ins Unfassbare. Man kann heute jemand, ohne dass dieser etwas merkt, technisch taub und blind machen und dann einfach lautlos zuschlagen!

Die verbohrten und oft trotz aller Raffinesse dummen Geheimdienstleute, die vielfach leben, ohne alte Denkmuster zu hinterfragen, beachteten auch nicht auf dem Schlachtfeld an der Hütte die Trümmer einer halbverbrannten Geige! Marinka aber weinte ihr nach! Und als später doch jemand auf den Gedanken kam, dass diese Russin wohl nie aus Prag zurückkehrte, gab es für eine DNA-Analyse und andere Spielereien keine Möglichkeit mehr.

„Waren das noch schöne Zeiten, als wir Mann gegen Mann kämpfen konnten", meinte ein Offizier des Abwehrdienstes zu seinen Mitarbeitern. „Heute müssen wir uns nur noch mit den ‚Eierköpfen' aller Wissenschaftsgattungen herumplagen. Wir verachten sie, und diese schauen uns für dumm an. Vielleicht haben alle recht!"

12

Patrick machte sich leise und schnell davon, und zwar auf der imposanten und insgesamt über die 44'000 Kilometer langen Lena stromaufwärts bis zum Quellgebiet. In seiner Herberge, die wohl jeden Moment durchsucht würde, hinterliess er lediglich eine Anzahl Rubelscheine für die Wirtsleute, die sich bei späteren Befragungen völlig ahnungslos gaben, was sie im Grunde der Dinge auch waren. Trotzdem standen die verschüchterten Leute lange unter Beobachtung, denn man fand unter anderem Fingerabdrücke von Dimitri.

Patrick plante, seine Flucht an den Baikalsee fortzusetzen und dann irgendwann und irgendwo über die Grenze in die Mongolei zu kommen. Marinka gab ihm zu seinem deutschen Pass, mit dem er bisher reiste, noch zwei weitere vollständige Dokumente mit Einreisestempeln und Visum versehen mit auf den Weg.

Ilja hatte durch seine internationalen Verbindungen für alle Fälle vorgesorgt. Die Passfotos waren wie meist undeutlich und taugten eher für eine Verbecherkartei. Die Stempel waren etwas verwischt. Biometrische Wunderwerke kannte man dort noch nicht. Und welcher Passbeamte im fernen Sibirien kennt sich schon aus mit Dokumenten in Sprachen, von denen er kaum jemals gehört hat? Patrick fragte sich nur, warum Ilja auch Pässe besorgte für männliche Personen und nicht nur für seine Prinzessin. Was hatte dieser alte Fuchs wohl noch alles für Pläne?

Die einfach gewaltige Lena mit ihrem unvorstellbar grossen Einzugsgebiet und zum andern der Baikalsee, das grösste Süsswasserreservoir der Welt mit einem Volumen, das über 400 Mal dem Inhalt des Bodensees entspricht, das alles ist für westeuropäisch geprägte geografische Vorstellungen einfach Gigantismus pur. Wer Russland etwas begreifen will, sollte sich solche gewaltigen Ausmasse vor Augen halten. Alles ist einfach grösser, erhabener und umfassender, ja, geradezu eine unheimliche schöpferische Urgewalt. Rührt auch daher das sprichwörtliche Sehnen der Russen nach ihrer Heimat, trotz der Knute der Machthabenden, trotz der Härte der Natur?

Solche Gedanken machte sich Patrick Tage später an Bord eines Touristenkahns auf dem Baikalsee, der zwar dringend eines neuen Anstrichs und wohl auch einer Gesamtüberholung bedurft hätte. Auch das Essen und Trinken waren eher dürftig. Wer denkt

aber an solche Banalitäten angesichts des Natur-
schauspiels und auch des fast unverschämten
Glücks, bis jetzt nicht gefasst worden zu sein?

Es war bei ruhigem Wetter eine Nacht an Bord vor-
gesehen, ehe man dann in Irkutsk weiter reiste oder
mit der Transsib neue Weiten entdecken konnte.

Man hörte an Bord hauptsächlich Russisch, Japa-
nisch und Deutsch. Patrick schrak aus seinen Gedanken auf, als er tatsächlich in gebrochenem
Deutsch angesprochen wurde:

„Entschuldigung, der Herr! Habe ich Sie nicht vor
einiger Zeit bei der Einreise in Sankt Petersburg
gesehen?"

Ärgerlich, aber auch zutiefst erschrocken, wandte
sich Patrick nach dem Fragenden um und meinte
sehr unwirsch: „Nicht das ich wüsste! Warum? Was
wollen Sie von mir?"

„Nichts, absolut nichts! Ich freue mich nur, hier in
diesen Weiten auf ein bekanntes Gesicht zu stossen.
Gestatten Sie: Piotr Kontraschow, zurzeit auf Urlaubsreise durch Sibirien. Zoll- und Passbeamter am
Flughafen Sankt Petersburg. Darf ich Sie mit meiner
Frau bekannt machen? Es ist sehr schön, aber oft
auch sehr langweilig hier. Ein Gespräch holt einem

aus der Einsamkeit heraus, und ein gutes Wässerchen bringt Stimmung fürs Gemüt!"

„Alles schroff abschlagen könnte verdächtig wirken", überlegte sich Patrick. Darum knurrte er widerwillig: „Ja, ein Wässerchen ist immer gut. Ich kenne Sie zwar wirklich nicht, aber wir können uns ja kennen lernen!" Ob der Russe den leisen Unterton bemerkte? Übrigens: Woher sprechen Sie ein so fabelhaftes Deutsch, damit ich Ihnen auch mal eine Frage stellen kann?"

„Wie gesagt, ich arbeite am Flughafen in Sankt Petersburg, mein Herr. Und da kommen so viele Deutsche aus den ehemaligen Ostgebieten, voller Neugierde auf die frühere Heimat oder die alte Heimat ihrer Eltern. Sie verbinden dies meist auch mit einem Besuch unserer wunderschönen Stadt. Sie sind uns alle sehr willkommen, denn die Zeit des Kalten Krieges ist vorbei. Für uns Russen gibt es zwei Möglichkeiten, um am Puls der Welt zu bleiben: Deutsch oder Englisch! Sie sehen: Ich lerne Deutsch!"

Unbehaglich blickte Patrick in das freundliche Gesicht dieses Piotr, aus dem ihn aber kalte Schlangenaugen musterten.

„Gehen wir", meinte Patrick, innerlich fröstelnd. „Stellen Sie mich Ihrer Frau vor, und verraten Sie mir, welches hier an Bord der beste Drink ist!"

„Aber gewiss doch, gerne!"

Elena war das Gegenstück ihres Gemahls, der ein Durchschnittsmensch, ein Beamtentyp, ein durchtriebener Galgenvogel und ewiger Neider zu sein schien. Sie war Eurasierin mit kolossaler erotischer Ausstrahlung und zugleich edlen Gesichtszügen. Sicher nicht so gerissen wie ihr Mann, aber vermutlich blitzgescheit. Eine auffallende Erscheinung in den besten Jahren, die viele Männerblicke auf sich zog. Nein, natürlich auch neidische und abschätzende Blicke der weiblichen Passagiere. Das ist immer ein gewisses Risiko, wenn nicht gar gefährlich.

Nach den üblichen Floskeln der Vorstellung ass man Blinis, mit Pilzen gefüllt, und trank dazu etliche mittelmässige Wodkas. Immerhin solchen, nach dessen Genuss man nicht sofort ins Krankenhaus eingeliefert werden musste. Die Wässerchen lösten die Zungen. Vor allem die von Piotr. Oder spielte dieser bewusst Katz und Maus?

Mit nahezu überlegenem Grinsen meinte dieser: „Kommen wir also zur Sache, Brüderchen! Mein Gedächtnis funktioniert wie ein Computer. Sie reisten mit einem deutschen Pass in Sankt Petersburg ein. Ich kann jederzeit die entsprechenden Daten abrufen lassen. Hier aber reisen Sie mit einem Schweizer Pass. Ich habe mit dem Schiffseigner und dem Kapitän guten Kontakt. Wissen Sie, die alten Seilschaften aus der Zeit der Sowjetunion spielen immer noch ein wenig mit. Woher hätten denn meine Frau und ich die Geldmittel, hier eine solche Urlaubsreise zu bezahlen?!

Aber genau von diesen Seilschaften wollen meine Frau und ich endgültig loskommen. Dazu brauchen wir keine Rubelchen, sondern harte Währungen.

Sie als Deutscher, Schweizer oder weiss der Teufel, was Sie wirklich sind, lassen darum ihre Bankverbindungen spielen. Ihre eigenen oder dann die ihrer Verwandten. Und dann hauen wir gemeinsam ab in den Westen. Dahin zieht es Sie doch gewiss mit allen Fasern! Ich werde auch genau herausfinden warum! War da nicht kürzlich in Sibirien ein kleines Feuerwerk, oder nicht?"

„Was wollen Sie genau?", fragte Patrick mit äusserer Kälte und mit innerem Zittern.

„Hunderttausend Dollar und eine gemeinsame verschwiegene Fahrt nach Westen, bei der ich uns allen sehr behilflich sein kann. Die Alternative ist für Sie: Verhaftung und Anklage wegen Spionage! Glauben Sie mir: So etwas kriege ich hin!"

„Und wenn ich dieses Gespräch nun auf Band habe?"

„Haben Sie nicht! So blöd dürfen Sie mich nicht verkaufen, sonst spielen Sie wirklich mit Ihrem Leben! Ich lege mich zu einem kurzen Schläfchen in unsere kümmerliche Kabine. Ihre Zusage erwarte ich während des Abendessens. Ein Tisch ist nur für uns drei reserviert. Gute Beziehungen zum Kapitän, Sie wissen", meckerte Piotr, nun doch mit etwas schwerer Zunge.

Er merkte nicht, dass seine Frau Olga ihn durchdringend und abschätzig betrachtete, mit der Bemerkung: „Ich bleibe noch etwas an der guten Luft!" Als Piotr in der dürftigen Kabine verschwand, zog sie Patrick sanft aber bestimmt in eine ruhige Ecke des Kahns.

„So, nun rede mal ich", meinte Kontraschows Frau zu Patrick. „Heute ist ein Tag, an dem vermutlich mehr auf Sie zukommt als sonst in einem halben Leben. Ja, auch ich will weg von hier, aber *ohne* meinen Mann. Bitte bleiben Sie ruhig und hören Sie mir genau zu. Sie sind wirklich in Gefahr, aber ich kenne einen Weg für uns beide. Das mit diesen verdammten Seilschaften von früher stimmt leider. Man kommt davon nur los, wenn man endgültig abhaut und untertaucht.

Als Schweizer müssen Sie doch wissen, wie man Seilschaften in den Bergen, die zur Bedrohung werden, beendet. Mit einem raschen und scharfen Schnitt im rechten Moment! Mein Mann ist ein Opfer des früheren Systems. Wie sagte doch Lenin? ‚Wir liefern dem Westen den Strick selbst, an dem wir sie später aufhängen'! Hier in Sibirien gilt die Darwinsche Theorie vom Überleben des Stärkeren, indem der Schwächere stirbt. Und wir zusammen sind stärker! Ich liebte meinen Mann nie. Ich hasse ihn aber mehr und mehr.

Patrick wollte das peinliche Gespräch wirklich beenden, denn er witterte eine weitere Falle. Olga aber schnitt ihm eine Entgegnung ab und meinte:

„Bitte hören Sie weiter zu. Es geht um Leben oder Tod, so dramatisch das auch klingen mag. Hier sind nicht nur Natur und Landschaft gigantisch und dramatisch, sondern auch die Schicksale. Ich studierte Medizin und Germanistik in Sankt Petersburg. Viele Frauen in Russland sind Akademikerinnen, während deren Männer im Militär, bei der Polizei oder einem der vielen Geheimdienste nicht viel mehr als Überwachung, Bespitzelung, Verrat, Korruption, Saufen und Schiessen gelernt haben.

Ich habe eine Injektion bei mir, die in Sekundenschnelle tödlich wirkt. Fragen Sie jetzt nicht woher.

Einer Frau stehen manchmal auch die Giftschränke von Apotheken offen. Ich werde meinen Mann unter irgendeinem Grund während des Abendessens an die Reling locken und ihm die Spritze in den Körper rammen. Es kommt eine Schlechtwetterfront, und wir werden vermutlich allein an Deck sein. Sie helfen mir einfach mit einem kräftigen Schups, ihn über Bord zu hieven. Die offizielle Version ist dann, dass er wohl besoffen über Bord ging, während wir beide uns in der Kabine liebten. Gehörnte Ehemänner ernten hier gerne Schadenfreude!"

Wieder wollte sich Patrick energisch abwenden, bis Olga ihn anzischte: „Sie sind ein Idiot, wenn Sie nicht zuhören und mitmachen. Der Baikalsee ist der tiefste See der Welt! Entweder sinken Sie dort auf den Grund oder mein Mann, verstehen Sie doch endlich!

„Und die Leiche treibt dann im See, wird aufgefischt, obduziert und wir als Mörder verurteilt!", entgegnete Patrick mit zornigem Gesicht.

„Junger Mann, ich bin Ärztin! Schon vergessen? Und Ärzte und neuerdings auch wieder die Popen haben in Russland immer einen besonderen Status. Unser Wissen und Können ist gross, aber Apparate, ärztliche Bestecke, Arzneimittel meist rar. Das wissen die Leute, und darum geniessen wir einen Sonderstatus. Der kleine Einstich wird nicht gefunden, das garantiere ich bei einer Wasserleiche, die durch Gase erst nach einiger Zeit wieder nach oben treibt. Zudem ist die Fläche des Sees so riesig, dass der Zufall, die Leiche zu sichten, eins zu einer Million ist. Wir sind hier nicht auf dem Zürichsee, wo sich die Menschen mit ihren Segelschiffen fast gegenseitig erdrücken!"

13

Das Wetter schlug tatsächlich um. Wind kam auf und kräuselte das Wasser, das alle möglichen Farben annahm. Bald regnete es wie eine Wand und nahm jegliche Sicht. Dunkle Wolken hingen tief. Man glaubte, die Welt gehe unter.

„Warum nur blieb der Kapitän bei solchem Wetter doch auf dem See und legte nicht irgendwo an?", fragte sich Patrick. „So eine Nacht ist nicht nur ungemütlich, sondern geradezu gefährlich! Es heisst doch ausdrücklich im Prospekt: ‚Übernachten auf dem Schiff, wenn das Wetter es erlaubt!'"

Steckt vielleicht Olga mit dem Kapitän unter einer Decke? Ist das die wahre Seilschaft? Hier ist alles möglich!"

Piotr war wirklich ziemlich betrunken, und es brauchte nicht grosse Überredungskünste, ihn vom Abendessen wegzulocken. Offenbar torkelten die drei seltsamen Freunde zur ihren Kabinen. Sie schlichen sich aber an die Reling.

Der geplante Mord lief problemlos ab wie in einem schlechten oder sogar guten Film. Die Injektion wirkte anscheinend doch innert weniger Sekunden. Das Hieven des schlaffen Körpers über die relativ niedrige Reling war zwar ein Kraftakt für die beiden, doch aussergewöhnliche Situationen mobilisieren ausserwöhnliche Kräfte.

Das einzige Problem waren die nassen Kleider von Patrick und Olga durch den Dauerregen. Nun, man konnte sich ja in der Kabine umziehen und sich dabei nicht nur ein gutes Alibi und eine Ausrede verschaffen", freute sich Olga beim Gedanken, sich halbnackt in die Arme von Patrick zu schmiegen. Dabei erschrak sie doch über sich selbst. Wenige Momente nach dem kalt durchgeführten Mord an ihrem Mann dachte sie an Liebe und Lust mit einem völlig Fremden, von dem sie aber sehr fasziniert war.

„Nun, ich habe genug erlebt mit diesem Scheusal, so dass solche Reaktionen verzeihlich und verständlich sind", versuchte sie sich selbst zu beruhigen.

Als Patrick in der Kabine von Olga aus der Erstarrung durch Beihilfe zum Mord und nun durch die unerhörte erotische Anziehung dieser Frau zu Bewusstsein kam, meinte er fassungslos: „Wir haben jetzt Gescheiteres zu tun als uns zu lieben!"

„Etwas Gescheiteres gibt es gar nicht, denn das ist unser Alibi! Komm, mein Prinz!"

Ob es wirklich eine Liebesnacht gab? Darüber schweigt Patrick sich beharrlich aus. Ihn plagte der Gedanke, Beihilfe zum Mord geleistet zu haben. „Beihilfe? Nein! Der Mann war schon tot, als er mithalf, ihn über Bord zu werden! Also könnte er höchstens wegen Vertuschung eines Gewaltverbrechens und Beihilfe zur Beseitigung einer Leiche belangt werden.

„Kennt die hiesige Gesetzgebung und Gerichtsbarkeit überhaupt solche Nuancen, besonders im Bezug auf Ausländer? Und war Piotr wirklich schon tot? Das wissen wohl nur drei: Diese Frau Olga, Gott und der Satan!

Also, so schnell wie möglich einmal mehr abhauen und untertauchen. Dies ist aber vielleicht in einer Grossstadt einfacher als in diesem menschenleeren Gebiet!"

14

Als Frau Olga das Verschwinden ihres Piotr bekanntgab, war das Wetter bereits wieder besser geworden und die Stimmung an Bord alkoholselig. Zwischen der Leiche, die noch einige Momente im Wasser trieb und dann langsam sank, lagen inzwischen bestimmt schon gute zwanzig oder mehr Kilometer. Und weit und breit kein anderes Schiff auf dem See. Selbst für Fischer war es noch etwas zu früh. Die Fische beissen um diese Zeit wohl noch nicht!

Kapitän, Besatzung und Passagiere guckten zwar immer noch etwas verkatert, aber doch auch kritisch auf das seltsame Liebespaar. „Die alten Werte von Liebe und Treue sind in Russland wohl auch bei den Frauen im Schwinden begriffen. Bei Männern war und ist dies natürlich schon was anderes." So dachten wohl einige männliche Passagiere. Darum wurde Patrick eigentlich nicht böse betrachtet, eher neugierig. Olga aber erntete manch eigenartigen Blick.

„Ich muss Sie der Polizeihauptwache in Irkutsk übergeben", meinte der Kapitän mürrisch. „Ich habe die Spurensicherung bereits avisiert, damit diese ihre Untersuchungen vornehmen können."

Zuvor vereinbarten Patrick und Olga, dass dieser beim Anlegen an Land heimlich von Bord schlich, um allen unangenehmen Fragen auszuweichen.

Nun, Irkutsk liegt immerhin siebzig Kilometer von der Anlagestelle des Schiffes entfernt. Aber siebzig Kilometer gelten in Russland als keine grosse Distanze!

Sie vereinbarten ein Treffen bei der Bahnstation der Transsib. In der Eile wurde aber dieser wichtige Teil ihrer gemeinsamen Flucht zu wenig im Detail besprochen. Zum Glück für Patrick, denn dort verschwand er wieder einmal mehr wie ein gehetztes Tier.

Die Spurensicherung auf dem Schiff ergab wenig. Fingerabdrücke zuhauf in der Kabine. Auch Hautpartikel, Haare sowie Spermaspuren bewiesen allerdings, dass Olga und Patrick intim waren.

„Wo ist denn dieser komische und stürmische Geliebte?", bellte der Beamte Olga an, voller Neid auf diese verfluchten Touristen, die immer die schönsten russischen Frauen vernaschen konnten.

„Voraus zur Station der Transsib, um Fahrkarten zu besorgen!", lächelte ihn Olga verführerisch an.

„Das ist gegen das Gesetz! Er muss sich zu unserer Verfügung halten."

„Warum? Er hat doch mit dem tragischen Unfall meines Mannes nichts zu tun?"

„Das überlassen Sie gefälligst uns!"

„Jawohl", gab Olga offensichtlich geknickt zurück. Dabei hoffte sie, dass ihr Prinz so schlau war, seinen Pass zu wechseln und auch sein Aussehen wenigstens etwas zu verändern. Aber hatte er inzwischen auch für jeden Pass das entsprechende Visum sowie die Einreisestempel? „Wann weicht bei uns die Bürokratie der Reisefreiheit? Und wann muss man nicht durch Bestechung jeden uniformierten Idioten den Mund verbieten?"

Als Olga nach viel zu langer Zeit endlich die Station die Transsib erreichte, war Patrick nirgends zu finden. „Eingesperrt oder abgehauen?" Diese Frage wollte und konnte ihr niemand beantworten.

Inzwischen schlich sich Patrick erneut unter großen Entbehrungen zur Grenze der Mongolei. Er wollte nach Prag, zu seiner Marinka. Wartet sie dort noch auf ihn?

In der „Goldenen Stadt" wollten sie sich ja wiedersehen. Zur Freude gewiss auch von Ilja Volkresnskij *(das heisst ja Auferstehung!,* ehemals Elias Müller aus Friedrichshafen.

Die Mongolei ist inzwischen für Russland und China so uninteressant und die jeweiligen Grenzen so unglaublich lang und weit, dass dort ein Hinüberkommen ein Kinderspiel ist. Wie viele Grenzbeamte für über 8'000 Kilometer bräuchte man wohl zur Überwachung?
Es lohnt sich nicht! Und Schmuggel? Warum denn nicht? Samt und sonders sind dies doch nur „kleine Fische"!

Welche Grenzer in jenen gottverlassenen Gegenden kennen denn alle Schriftzeichen in allen Sprachen, zumal wenn noch schöne Rubelchen winken?

15

Prag ist ein Anziehungsmagnet für Touristen aus aller Welt. Die stets steigenden Preise der Hotels und der Gastronomie beweisen dies. Die böhmische Küche hat es auch in sich. Nicht nur Topfenpalatschinken und andere „Mehlspeisen" verführen Leute vieler Nationen. Sogar die bayerische und österreichische Küche übernahm etliche Gerichte aus diesem Gebiet.

Marinka spielte virtuos und wie ein Engel. Sie erntete Beifall, Rosen und manch begehrlichen Blick. Für all dies war sie aber eigentlich blind; denn sie wartete und wartete auf Patrick.

„Ob dieser wohl inzwischen wenigstens Richtung Europa unterwegs ist? Sein Handy blieb stumm. Akku leer oder kein Empfang?" Solche und ein Dutzend anderer banger Fragen schwirrten ihr durch den Kopf. Die Sehnsucht nach einem Wiedersehen beflügelte ihr Violinspiel nur noch mehr.

Warum schlug denn der russische Geheimdienst in Prag nicht zu und zog Marinka aus dem Verkehr? Ganz einfach: Der Name Marinka tauchte in den Akten in Russland als Kind von Ilja nicht auf. Die einzige Tochter dieses „Verräters" hiess in den dortigen Registern Anna Pedrowski und war seit einiger Zeit als verschollen gemeldet.

Die Virtuosin Marinka war ein Waisenkind aus Jakutsk, das ab und zu mal bei diesem Ilja in der Waldhütte weilte. Dies nur aus Dankbarkeit, weil dieser komische Kauz die Ausbildung am Konservatorium in Jakutsk bezahlte und offenbar einen Narren an ihr gefressen hatte. Die meiste Zeit wohnte sie nach offiziellen Berichten bei einer angesehenen Familie in der Stadt.

Dass diese Familie geschmiert und gesalbt war und dadurch einen versteckten Wohlstand erlangte, und dass dieser Lebenslauf erfunden und erlogen war: Ja, wen geht denn das was an? Die angesehene Familie wollte doch weiter angesehen bleiben!

16

An der endlosen und nicht überall genau festgelegten Grenze hatte Patrick das Gefühl, schon einige Zeit auf mongolischem Territorium zu sein. Das war eine reine Schätzung, könnte aber hinkommen. Natürlich mied er die Strassen und Wege und schritt oder torkelte meist querfeldein. Weit und breit waren kein Grenzbeamter mit Spürhunden, geschweige denn motorisierte Kontrollen zu bemerken, auch keine Wachttürme und dergleichen mehr.

Sein Verpflegungsbeutel, ohnehin mager bestückt, war leer. Die Zunge klebte am Gaumen und der Magen knurrte. Er musste unbedingt eine Siedlung aufsuchen, sonst kam er in diesen Weiten um.

Patrick traf plötzlich auf den jungen Russen Boris. Zunächst herrschte grösstes Erschrecken und Misstrauen, denn beide fühlten sich in diesen Weiten wie einsame Wölfe. Sie waren beide auch nicht bewaffnet. Mit einem Mischmasch von Russisch und Deutsch verständigten sie sich, wobei Patrick bemerkte, dass Boris eigentlich ganz gut deutsch sprach.

Eines hatten sie gemeinsam: Nur weg von hier, durch die Mongolei nach Westen. „Im Osten geht die Sonne auf!" Sie kannten diesen alten Wahlspruch zur Genüge. Aber im Westen scheint die Sonne immer noch, wenn im Osten bereits wieder Dunkelheit herrscht. Und dies war für sie nicht nur rein nach Zeitzonen zu verstehen!

Zu zweit wandert sich's leichter. In einer ziemlich einsamen Jurte ergatterten sie etwas Milch, Käse und steinhartes Brot. Vermutlich waren die beiden nicht die Einzigen, die in letzter Zeit hier vorbeikamen, denn die einfachen Leute behandelten sie freundlich. Sie wiesen sogar mit Händen und Füssen deutend, den weiteren Weg in die Hauptstadt und zeichneten mit schwieliger Hand auch einen Plan, dem zufolge sie nochmals bei zwei bis drei bekannten Bauern Halt machen konnten.

In Ulan Baator verbrachten die beiden neuen Gefährten, die sich inzwischen zur Genüge beschnuppert hatten, notgedrungen einige Tage beim Warten auf einen Charter-Flug nach Berlin-Tegel, der etliche deutsche Urlauber, aber auch Ingenieure und Geschäftsleute zurück nach Old Germany bringen sollte. Eine Konversation zwischen den beiden war gut möglich und wurde auch rege gepflegt.

Nun, die mongolische Hauptstadt glänzt nicht gerade mit Sehenswürdigkeiten für flüchtige Touristen. So schlugen sich die beiden die langweilige Wartezeit um die Ohren mit dem oberflächlichen Studium der mongolischen Geografie und Geschichte.

Die Mongolei ist das am dünnsten besiedelte Land der Welt mit gerade mal 1,9 Einwohnern pro Quadratkilometer – für westliche Vorstellungen kaum nachzuvollziehen. Gut ein Drittel der Gesamtbevölkerung von etwa drei Millionen lebt in der Hauptstadt. Wie müssen also die unendlichen Weiten völlig menschenleer sein. Für viele ein Traum; für andere wohl eher ein Albtraum!

„Wie doch die Völker kamen und gingen, wie Weltreiche zerfallen und immer wieder neue sich bilden. Dabei ist uns Sterblichen doch nur ein kurzes Gastspiel gegönnt. Wer realisiert schon, vor allem in jungen Jahren, dass unser Leben ein kleines und kurzes Sonnen- und Schattenspiel ist, und dass mindestens 999 Promille der Erdenbewohner nach kurzer Zeit Staub und Vergessen sind! Wer spricht heute noch bewundernd oder mit Schrecken von Dschingis Khan und dessen Weltreich, das im dreizehnten Jahrhundert doch tatsächlich bis nach Mitteleuropa reichte?" Dies waren einige Gesprächsstoffe der beiden.

Die Religiosität erlebt auch in der Mongolei neuerdings wieder eine Renaissance. Buddhismus, Lamaismus und Schamanentum spielen im Alltag mancher wieder eine gewisse Rolle. Sogar kleine christliche Gemeinden wachsen heran.

Genau dort fanden Patrick und Boris freundschaftliche Aufnahme. Vor allem die jungen Leute in der heutigen Mongolei waren wissbegierig und interessierten sich für tausend Dinge aus der weiten Welt. Wer weiss, vielleicht würde den beiden Flüchtlingen nach Westen eines Tages die herzliche Gastfreundschaft der Mongolen fehlen. Vor allem auch die unendliche Weite und damit das Gefühl grenzenloser Freiheit. Sogar dass ab und zu die Wüste blühte wie ein Paradiesesgarten, nahmen die beiden als bleibendes Bild in ihrer Erinnerung mit.

Aber die Zeit tropfte dahin, und die Stille tat manchmal richtig weh! Also redeten sie, wie Tausende vor und nach ihnen, über den Sinn des Lebens. Woher kommen wir, wohin gehen wir? Evolution oder doch Schöpfung? Beides kann sich eigentlich ergänzen. Und beides lässt sich mit den ihr eigenen Theorien zwar nicht unbedingt beweisen. So oder so: Es muss doch ein Urquell des Lebens existieren. Es ist kaum anzunehmen, dass alles ein Zufallsprodukt ist.

Wesentlich, so fanden die beiden, dass aus der „Ur-suppe" eine Ordnung und Präzision entstand, die mit dem Begriff Zufall nicht erklärt werden kann. Also, was war, als der Affe mit einer dreimal kleineren Gehirnmasse als der heutige Homo Sapiens sich allmählich aufrichtete?

„Ich sehe nur, dass sich auch heute viele Menschen wieder in Affen verwandeln!", meinte Boris. „Es ist also nicht so klar, ob wir in einer Vorwärts- oder Rückwärtsentwicklung leben! Vielleicht ist beides möglich!"

17

Für Patrick und Boris plätscherte die Zeit während des Wartens auf den Flug weiterhin ereignislos dahin. Der Charterflug verzögerte sich. In der Mongolei herrschen andere, nein, eigentlich überhaupt keine Zeitbegriffe! Man kann dabei auf die verrücktesten Ideen und Gedanken kommen. Nun, bald sollten solche „in Erfüllung" gehen, denn ihre allmählich schmerzende Langeweile wurde jäh unterbrochen.

Zwei Tramper, die neunzehnjährigen Jürgen Lothar und Ellen Koswitsch befanden sich auf dem „Pfad der Erleuchtung". Sie nannten sich sogenannte Aussteiger aus dem satten und geldgierigen Bürgertum. Ihre Eltern nervten sie mit deren veralteten Wertvorstellungen. Es liess sie innerlich ziemlich kalt, dass diese zu Hause über ihr Abhauen litten wie geprügelte Hunde.

Ein vorerst zweimonatiger Aufenthalt in einer Kommune in Berlin-Kreuzberg brachte auch keine Befriedigung. Die meisten Mitbewohner kotzten sie bald an, denn eigentlich ging es denen im Endeffekt doch nur um Sex, Besäufnis und Drogen. Eine richtige Suche nach Alternativen gab es kaum. Im Gegenteil, sie hatten grosse Mühe und grausame Tage hinter sich, um endlich von der verdammten Nadel wegzukommen, die sie sich auch aus lauter Neugierde und Langeweile gesetzt hatten.

So streiften die beiden also durch Indien, durch Teile Chinas und landeten schliesslich ohne festen Plan in der Mongolei. Überall suchten sie nach der spirituellen Erleuchtung, nach der Weisheit von Buddha, Konfuzius, der Unzahl von Hindu-Göttern und anderen fernöstlichen Vorstellungen. Sie fanden bald heraus, dass letztlich die meisten doch immer nur Suchende waren nach etwas Glück und vielleicht sogar etwas Genuss, und nicht immer konsequent den Sinn des Seins ergründen wollten.

„Suchen denn alle mit falschen Ansätzen am falschen Ort? Auch die frommen Mönche, stets im Gebet versunken, kannten keine schlüssige Antwort. Die Reinkarnation und Seelenwanderung ist eigentlich auch nicht unbedingt die Lösung aller Rätsel. Man wird also suchend bleiben bis ans Ende oder bis ins Nirwana?!"

In diesen Grübeleien trafen sie in Ulaan Bator auf Patrick und Boris. Und damit fanden alle ihre Fragen dort eine Fortsetzung. Man ist aber trotz allem nicht ein absolut vergeistigtes Wesen. Man bekommt

Hunger und Durst und auch mal Lust auf das andere Geschlecht. Genau bei diesem letzten Punkt begann das alte Theater von neuem.

Ellen meinte nämlich, sich in Patrick zu verliebt zu haben. Und Lothar wünschte ihn deshalb zum Teufel. Boris stand ziemlich hilflos dazwischen. Ellen hatte genug vom Vagabundenleben und fand, Patrick könnte sie gewissermassen erlösen und ihr ein neues Weltbild und ein neues Dasein vermitteln.

Zu allem Übel bemerkte sie bei ihrem Reisegenossen eine leichte Neigung zur Bisexualität. Sie sah nämlich, und dies eigentlich nicht zum ersten Mal, dass Lothar ganz gerne mal seine Hand länger als normal und üblich auf Boris Schenkel ruhen liess. Angeekelt beobachtete sie diese Affekthandlungen. Boris selbst war wohl so ein unverdorbenes Landei, wie man in Deutschland sagen würde, dass er diese feinen Nuancen gar nicht bemerkte.

„Wandelst du dich zu einer Schwuchtel?", fragte Ellen Lothar, aufs Äusserste gereizt.

„Du musst mir keine solchen blödsinnigen Fragen stellen", bellte dieser zurück. „Aber nimm dich in Acht mit der Schwärmerei für Patrick. Du weißt doch, dass er unsterblich in seine Russin verliebt ist und darauf brennt, sie wieder zu sehen."

„Ich liebe den Kampf und die Herausforderung. Und hier bin ich das einzige weibliche Wesen, das nicht nach Stutenmilch und getrocknetem Quark stinkt, wie die lieblichen Frauen in dieser gottverlassenen Gegend.

„Aber du stinkst vor Einbildung auf deine weiblichen Attribute! Mit denen ist es nicht weit her! Du bist vielleicht keine Stute, aber eine dumme Ziege!"

„Und du bist kein Hengst, sondern eine kleine Missgeburt!"

„Noch ein weiteres abfälliges Wort und ich bringe dich um", tobte nun Lothar. Hier kümmert das kein Schwein. Und die Mongolei ist wirklich gross genug für ein kleines Loch als unbekanntes Grab!"

Die scheussliche Konversation ging weiter, und der Streit eskalierte.

In blinder Wut und im Affekt stiess Lothar sein Klappmesser mit aller Wut zwei oder dreimal in die Brust von Ellen, die ihn ungläubig und röchelnd, aber auch hasserfüllt ansah, bis ihre Augen brachen. Lothar erwachte wie aus einer Trance und sah überall Blut. Die Sinnlosigkeit seiner verrückten Tat wurde ihm erst in diesem Augenblick bewusst.

Das genügte, dass er sich selbst mit dem vom Blut seiner ehemaligen Geliebten befleckten Messer die Halsschlagader aufschnitt. Der Blutstrahl schoss wie eine Fontäne über die beiden Körper, die nun im Staub einer Seitengasse von Ulan Baator lagen. Einmal mehr führte Enttäuschung und Eifersucht, die sich in glühenden Hass verwandelten, zu einer Tragödie.

Wenn ein gestoppter Blutzufluss für Augenblicke das Gehirn ausschaltet, weil alles in die Lenden strömt, wenn der nüchterne Verstand vernebelt wird und die Hormone verrückt spielen, wenn das Herz bis fast zum Zerplatzten pocht, dann bereut manch einer erst, wenn es zu spät ist. Wenn überhaupt!

Nur, dies alles wurde hier kaum zur Kenntnis genommen. In der Mongolei ist genug Platz für viele neue Gräber. Und die Polizei war nicht gewillt, wegen zwei ungebetenen westlichen Idioten eine umfangreiche Untersuchung vorzunehmen. Wenn diese ihren Kram auf diese Weise lösen wollten, so war das ihre Sache.

Am schlichten Erdhügel, ohne Kreuz und ohne Leute, ohne einen Geistlichen irgendeiner Religion, sprachen Patrick und Boris seit langer Zeit wieder einmal ein stilles Gebet. „Gott, sei diesen Seelen gnädig! Sie kamen mit der Tragik eines verschlungenen Pfades nicht klar und auf der Suche nach der Wahrheit wurden sie nicht fündig!

Hoffentlich gibt es für die beiden in einer anderen und besseren Welt endlich die gesuchte Erleuchtung!"

Patrick und Boris verwendeten sich wenigstens bei der Polizei dafür, dass die Eltern der beiden benachrichtigt werden sollten. Ihre Kinder seien hier in der Mongolei an einer undefinierbaren Tropenkrankheit verstorben, die sie sich wohl irgendwo in Indien zugezogen hatten. Dazu überreichten sie den Hütern des Gesetzes einen Geldbetrag, den diese vielleicht in die eigene Tasche steckten, ohne Mitteilung zu machen.

Nun, man hatte es wenigstens versucht. Sie selbst wollten nicht aktiv werden, um dann bei ihrer Rückkehr nach Deutschland in die Mangel genommen zu werden. Aber das Bild dieses sinnlosen Mordes und Selbstmordes brannte sich in ihr Inneres, und sie fragten sich:

„Wann endlich werden die Menschen vernünftiger? Jetzt suchten die beiden Sinn und Licht in asiatischen Weisheiten und streiften monatelang durch unendliche Weiten ferner Völker. Und ein simpler Disput genügt, um sich umzubringen. Ist denn das Blut in den Adern bei bald jedem ein Vulkan? Ist das Leben als solches, das kostbarste Gut, wirklich nicht mehr wert, als durch eine Explosion der Gefühle ausgelöscht zu werden? Aber wer weiss, vielleicht hat es im Innersten der armen Suchenden schon oft und lange gebrodelt!"

Saufen ist zwar kein rechter Trost, aber es lenkt vorübergehend ab. So auch die beiden neuen Freunde.

Beim fünften oder siebenten Wodka waren Patrick und Boris schon ziemlich benebelt. Patrick versuchte sich in einem alten Gedichtfragment, das ihnen ihr damals musisch oder lyrisch gesinnter Lehrer eintrichterte. Seltsam, dass er sich genau jetzt wieder daran erinnerte.

„Horch mal her, Boris! Wir Schnapsnasen müssen auch mal was Lustiges hören. Ich kenne aus meiner Schulzeit noch ein Gedicht von einem Heinrich Seidel mit dem Titel: ‚Die beiden Geizhälse'. Darin heisst es:

„Sie soffen Wasser wie die Schläuche,
bis ihnen kullerten die Bäuche!"

Lustig, nicht? Dabei müsste ich jetzt doch anstelle dieses Poeten sagen:

„Sie soffen Wodka wie die Reussen,
und dabei waren sie doch Preussen!"

„So gut verstehe ich nun doch nicht Deutsch", meinte Boris verwundert. Aber ich bin kein Preusse! Komm, Patrick, es ist Zeit in die Koje zu schlüpfen; sonst wirst du noch blöder mit deinen lyrischen Ergüssen. Und das ist eigentlich schade um dich! Wenn du mit alten Gedichten beginnst, so muss dein Inneres doch ziemlich durcheinander sein!"

Etwas trübselig und auch alkoholselig torkelten und schlurften sie in ihre Bleibe zurück. Boris meinte dabei: „Aber schnarche nicht wie ein Nilpferd?"

„Wie schnarcht denn ein Nilpferd?"

„Eben genau so wie du!"

Sie schnarchten beide wie eine ganze Herde dieser niedlichen Kolosse, so dass die Nachbarn durch die dünnen Wände trommelten und in einem halben Dutzend Sprachen nach Ruhe riefen.

Aber Nilpferde hören bekanntlich auch solches nicht, vor allem nicht in der Mongolei!

18

Beim Dröhnen der Triebwerke ihres Flugzeuges liessen Patrick und Gregor unter sich die Unendlichkeit dieser Landmasse vorbeigleiten. Gregor zuckte bei jedem undefinierbaren Geräusch zusammen. Patrick versuchte, ihn zu beruhigen.

„Weißt du, vor drei Jahren sind meine Eltern bei einem Flugzeugabsturz ums Leben gekommen mit einer der nicht gewarteten und klapprigen Maschine einer der unzähligen neuen russischen Fluggesellschaften. Diese hat nie bezahlt, denn sie ging kurz darauf bankrott. Von den insgesamt drei Maschinen blieben schon zuvor stets zwei am Boden. Eine eigentliche Versicherung existierte nicht. Das Unglück wurde auch von den staatlich gelenkten Medien totgeschwiegen. Wen interessiert schon ein Crash irgendwo in Sibirien?"

„Ist das mit einer der Gründe, dass du aus diesem Lande flüchtest?"

„Ja, einer unter vielen! Obschon, ich habe jetzt schon Heimweh, wenn ich an die Fremde denke!"

„Das ist typisch für Russen!"

„Nein, das ist eines der typischen Klischees über uns Russen!"

„An denen doch etwas Wahres ist, nicht?"

Gregor gab darauf keine Antwort. Was hätte er auch antworten sollen?

Auch wenn man von der Mongolei nach Westen fliegt, umarmt Mütterchen Russland die Reisenden. Die Landmasse ist einfach erdrückend.

Die in Deutschland immatrikulierte Charter-Maschine begann nun doch echt zu stottern. Der Pilot meldete sich mit beruhigender Stimme: „Meine Damen und Herren: Wir müssen vermutlich unseren Flug mit einer Zwischenlandung unterbrechen. Der Treibstoff geht aus. Offenbar spielen gewisse Instrumente verrückt, denn der Vorrat an Kerosin reicht plötzlich nicht mehr bis zum Zielflughafen. Wir werden auf einem stillgelegten Militärflughafen in der Nähe von Wolgograd landen. Es besteht absolut keine Gefahr. Bitte befolgen Sie die Anweisungen der Besatzung!"

„Wolgograd", meinte Patrick, nun auch sehr unruhig geworden. „Hier ist mein Grossvater im Krieg gefallen! Es sind so viele gefallen, dass der Traum vom neuen Lebensraum im Osten gar nicht mehr nötig war. Man spricht allein hier von 700'000 Soldaten und Zivilisten, die ums Leben kamen oder schlichtweg erfroren und verhungerten.

Ein Grossonkel, der nach der Kriegsgefangenschaft zurückkam, erzählte, dass mancher Kompaniechef gezwungen war, den Passus zu schreiben: ‚Gefallen für Führer und Vaterland, posthum ausgezeichnet mit dem Eisernen Kreuz für Tapferkeit vor dem Feind', weil wohl bei einem der letzten Versorgungsflüge mit den Junkers zufälligerweise auch eine Kiste mit diesen Blechorden abgeworfen wurde. So sollen doch tatsächlich mit solchen Versorgungsflügen für die eingeschlossene Sechste Armee auch Kisten mit Champagner und Kondomen abgeworfen worden sein. Für Offiziere natürlich, anstatt Winterausrüstung, Munition und Brot für die verlumpe Armee. Aber lassen wir das; das sind alte Geschichten, die kaum mehr jemand interessieren!"

Als die Maschine holpernd über die alte Piste raste und der Rückschub ohrenbetäubend dröhnte, konnten die Passagiere bald einmal feststellen, dass dieser Flugplatz und damit auch dieses Rollfeld vermutlich alles andere als stillgelegt waren. Kaum stand die Maschine, wurde sie von Militärfahrzeugen umstellt. Offiziere und Soldaten umringten mit ihren typischen überdimensionalen Schirmmützen den ‚Eindringling' aus der Mongolei mit deutschen Hoheitszeichen.

„Da sind wohl Leute aus dem Westen unter den Passagieren. Diese bereisen ja inzwischen die ganze Welt; weiss der Teufel wozu und warum!", meinte einer der Uniformierten.

Das Palaver konnte also losgehen. Für die Militärs bedeutete dies gewiss eine willkommene Abwechslung im tristen, langweiligen Alltag.

„Überall Beschiss und Betrug", wetterte der Kapitän. „Wir wurden vollgetankt, so wenigstens versicherte man uns in Ulan Baator. Bezahlt haben wir sogar in bar. Aber das Personal der Tankfahrzeuge und die Spezialisten, die an Bord alles checkten, steckten wohl unter einer Decke. Hoffentlich haben die hier etwas Sprit. Sonst warten wir hier bis zum Grauwerden. Bis die Bürokratie in Wolgograd schaltet, braucht man vermutlich ‚grüne Scheine' und Geduld bis zum Umfallen."

Ein hoch dekorierter Offizier, nach seinem Blech an der Brust zu schliessen musste dieser in mindestens zwanzig Schlachten ein grosser Held gewesen sein, sprach leidlich englisch. „Alle Passagiere sollen an

Bord bleiben; Sie haben hier keine Erlaubnis auszusteigen. Wir sind in einer geheimen Sperrzone!"

„Stillgelegter alter Flugplatz, so hat man mir aus Wolgograd versichert!", murrte der Kapitän zurück.

„Wir bestimmen hier schon selbst, was geheim ist und was nicht. Mit euch Deutschen haben wir gerade hier die schlimmsten Erfahrungen gemacht!", zischte der tapfere Kämpfer für sein Vaterland.

„Lassen wir doch die alten Kamellen! Dafür können wir alle nichts! Wir waren ja damals noch gar nicht geboren! Ich möchte Ihnen einfach Kerosin abkaufen und bar bezahlen. Dann hauen wir so schnell wieder ab, wie wir gekommen sind!"

„Wenn das so einfach wäre! Es sind von Wolgograd bereits Spezialisten und Offiziere einer Sonderkommission unterwegs, die sich eurer liebevoll annehmen wollen! Wir Russen leben von Sonderkommissionen! So schnell kommt ihr hier nicht weg. Die Bürokratie lässt grüssen!"

„Mit Schmieren und Salben sowie mit einem guten Wodka lassen sich viele Probleme lösen", erwiderte der Kapitän, der inzwischen bereits mit dem Hauptsitz seiner Chartergesellschaft in Berlin Kontakt aufgenommen hatte. Dieser Hauptsitz seinerseits hatte wiederum einen russischen Geschäftsmann als einer seiner Hauptaktionäre in Marsch gesetzt. Vermutlich ergab dies alles hinter den Kulissen eine interessante Konferenz.

Wirklich: Die kommunistisch-kapitalistisch angehauchte Oligarchen-Vetternwirtschaft treibt manchmal seltsame Blüten. Nach etwa drei Stunden Verhandlungs-Marathon startete die Chartermaschine erneut nach Berlin-Tegel. Wer was wie und wo gemanagt hat, blieb selbst in der vermeintlichen Transparenz der globalisierten Welt verborgen.

Beim Abflug sahen die verwunderten und erleichterten Passagiere zurück auf eine etwas verlotterte Hubschrauber-Staffel unter Tarnnetzen, deren Blütezeit vermutlich längst dem Sparprogramm des Verteidigungsbudgets zum Opfer gefallen war. Schliesslich baute Russland ganz andere und neue Luftflotten auf, die den alten Kisten haushoch überlegen waren.

Nachfragen und Proteste in Ulaan Bator ergaben nichts. Dort sei alles rechtens verlaufen. Dafür habe man die entsprechenden Papiere der Kerosin-Gesellschaft.

„Vermutlich hat ein Treibstofftank des Flugzeuges ein Leck!", hiess die Definition aus der Mongolei.

„Dann wären alle durch eine Explosion jetzt im Himmel!", fluchte der ermittelnde Beamte in Berlin.

„Wäre auch nicht schlecht", dachte der Gesprächspartner in Ulaan Bator. „Wegen mir auch in der Hölle!" Aber er dachte dies nur, zum Glück!

19

Der Flughafen Berlin-Tegel platzte schon lange aus allen Nähten. Ankunfts- und Abflug-Gates sowie der ganze Gepäckrummel, die Security, die Pass- und Zollkontrolle war für häufig Reisende eine Zumutung. Urlauber, die dies in der für sie schönsten Zeit des Jahres ein- bis zweimal durchmachten, nahmen dies eher gelassen. Natürlich wären Frankfurt und München angenehmere Destinationen. Aber der Sitz des Charter-Unternehmens war nun einmal Berlin.

Zum andern wurde in Schönefeld eine Drehscheibe gebaut, die alle Engpässe beseitigen würde. Außerdem wirkte sich die globale Krise auch im Flugverkehr eher beruhigend, wenn nicht gar beängstigend aus, denn das Passagieraufkommen ging zurück.

Gregor staunte über die Geschäftigkeit der Grossstadt, über die Buntheit des Lebens, und nicht zuletzt über die vielen mürrischen und ausdruckslosen Gesichter. Ein schier endloses Angebot, eine Konsumwelt der Superlative, ein Freizeitangebot zum

Schwindligwerden – und doch – Unzufriedenheit allenthalben.

„Ist dies der vielgepriesene Westen? Ist dies die Freiheit ohne Grenzen? Sind dies die Voraussetzungen zur Selbstverwirklichung?", fragte er sich im Stillen, hütete sich aber, Patrick um seine Meinung zu fragen.

„Vielleicht täuscht der erste Eindruck; vielleicht bin ich einfach hoffnungslos überfahren", tröstete er sich. „Ich bin ein Landei, und hier hört man die berühmte Schnauze mit Herz!"

Gregor wollte hier ein Studium in Germanistik antreten. Die entsprechenden Papiere der bisherigen Studiengänge trug er bei sich wie ein künftiges Sesam-öffne-dich. Zudem wusste er, dass sein neuer Freund Patrick so schnell wie möglich nach Prag aufbrechen wollte, um dort die Liebe seines Lebens wiederzusehen. Liebe macht blind, aber manchmal ist eine gewisse Blindheit ein Segen!

Patrick und Gregor verabschiedeten sich mit dem ersten Vorsatz, in Kontakt zu bleiben und eine Freundschaft aufzubauen, die diesen Namen verdient. Dies bei einem Wodka von ganzen vier Kubikzentimetern in einer Berliner Nobelbar, der dort mindestens so viel kostete, wie sonst eine gute Flasche einer gängigen Marke. Aber das Wissen um den Preis manipuliert anscheinend das Geschmacks-empfinden. So sehr sind wir gefangen von soge-nannten Wertvorstellungen!

Ist dies einfach ein wenig schizophren? Vielleicht; denn für dieses Geld hätte man in Elendsvierteln einige Menschen für eine Woche vor dem grausa-men Hungertod bewahrt. Wer denkt aber schon so weit? Nicht mal in der absolut vernetzten Welt ist dies möglich, weil von diesem Gesichtspunkt aus immer nur die gleichen ein oder zwei Prozent der Leute erfasst werden!

20

Das Wiedersehen in Prag war ein Ereignis, das es für Liebende vielleicht nur einmal im Leben geben kann! Es war für Patrick und Marinka ihre erste gemeinsame Nacht, ausgenommen jene grauenvollen Stunden vor der Flucht in Russland. Eine Nacht voll scheuer Zärtlichkeit und voll glühender Leidenschaft als wären dies ihre ersten und zugleich letzten gemeinsamen Stunden.

Marinkas Auftritt als grosse Virtuosin ging langsam zu Ende, und damit auch ihre Aufenthaltsgenehmigung. Wie konnte man sie von Prag nach Bayern an den Bodensee „transferieren"? Am besten gewiss durch eine Zusatzeinladung für ein Galakonzert in Lindau.

„Der deutsche Botschafter wurde mir bei einem Konzert vorgestellt", meinte Marinka beiläufig zu Patrick. Ein sehr höflicher, aber kalter Mann mit einer Vogelscheuche als Frau an seiner Seite. Ich glaube, die war eifersüchtig, weil ihr Gemahl mich mit seinen Blicken nahezu ausgezogen hat!"

„Ich bin sofort auf diesen Kerl eifersüchtig", entgegnete Patrick. „Niemand darf dich ungestraft lüstern taxieren. Aber halt, Liebste! Ich habe einen Gedanken! Dieser Mann ist vielleicht ein Schlüssel für die Zukunft. Wir ersuchen um eine Audienz, mit dem Gedanken, deine Geigenkünste auch in Deutschland vorzuführen. Eine offizielle Einladung von Berlin könnte den Weg ebnen. Die Beziehungen zwischen Russland und Deutschland waren auch schon besser. Im Sinne eines Kulturaustauschs könnte aber vielleicht eine Aufenthalts-genehmigung möglich werden, ohne grossen Papierkram und umständliche Gesuche. Welcher Botschafter will sich denn nicht zu Hause profilieren, um ein lukratives Angebot für einen nächsten Einsatzort zu erhalten!"

Herr von Hagen gab sich zunächst natürlich sehr zugeknöpft und liess die beiden warten. Er war sich seiner Wichtigkeit voll bewusst. Zum andern aber würde er gerne nochmals in die Augen und ins verführerische Decolleté von Marinka blicken. Dies allein schon im Gedanken an seinen eifersüchtigen Drachen an seiner Seite. Dieses Weib konnte doch Gott danken, einen solchen Mann wenigstens offiziell an ihrer Seite zu haben. Sonst würde sie gewiss irgendwo im Ruhrpott versauern.

„Wir werden sehen, was sich machen lässt, gnädige Frau", meinte von Hagen, mit Betonung auf „von". „Wir sind gewiss sehr interessiert, Ihr Talent einer grösseren Zahl von Bundesbürgern zu gönnen. Aber sie wissen gewiss: Die Bürokratie! Ich melde mich, sobald Näheres bekannt ist! Ich verwende mich gerne für Sie beim Kulturminister." Wieder beugte er sich zum Handkuss und liess dabei demonstrativ Patrick links liegen, als sei dieser eine lästige Fliege.

„Dieser verdammte Schleimer", meinte Patrick bei einem anschliessenden Imbiss in einer typisch böhmischen und gemütlichen Kneipe.

„Pssst, mein Lieber. Lass ihn schleimen. Wir brauchen ihn. Und dass du so schnell eifersüchtig wirst, das freut mich ungemein!"

„Mädchen, du lernst schnell hinzu und entwickelst dich unheimlich rasant!"

„In Sibirien kämpft man nicht nur mit Bären und mit Frost. Man lernt dort vieles, was im Konsumdenken der reichen Länder untergegangen ist!"

Als die beiden spät nachts über die berühmte Karlsbrücke schritten, zurück zu ihrem Hotel, war dort nebst dem üblichen Menschenauflauf eine heftige Schlägerei im Gange. Gewiss, das tschechische Bier ist eines der besten der Welt. Und gute Laune sowie schwüle Abende geben immer Durst. Hier aber ging es um eine Abrechnung von unverbesserlichen Neonazis mit ebenso antiquierten Kommunisten.

Wenn die idiotischen Heisssporne nur realisiert hätten, dass ihr Konflikt geschickt geschürt wurde von einigen Extremisten aus dem Gazastreifen, die ihr Problem damit auf die Weltbühne hinaustragen wollten. Wie gerne lässt man sich vor den falschen Karren spannen, um dem tristen Dasein etwas Farbe zu verleihen. Geschickterweise war natürlich auch die Presse zuvor diskret „eingeladen" worden.

In der Moldau tauchten strampelnd und prustend ein paar blutende Köpfe auf. Einer der Zuschauer meinte dabei: „Hoffentlich können diese Saukerle nicht schwimmen, sonst leben sie wieder einige Zeit auf Staatskosten in unseren Nobelgefängnissen und erhalten noch einen Pflichtverteidiger! Für dieses Pack zahlen wir Steuern!"

Die Kommentare aller Gaffer aus vielen Nationen würden Bücher füllen. Die grossartige Szenerie der Prager Altstadt verschwand unter den geistreichen Ergüssen der Leute.

Die Schönheit einer alten Metropole hat schon ihren Reiz, aber Action geht vor. Ein betrunkener Holländer, enttäuscht, dass es in Prag kein Heineken-Bier gibt, torkelte auf Marinka zu und meinte: „Hallo, Hübsche: Es ist einfach keine Liebe mehr unter den Menschen. Wollen wir zwei nicht heute der Welt beweisen, dass Mann und Frau sehr wohl Liebe machen können?"

Sein Akzent war stark, aber man konnte ihn durchaus verstehen. Während Marinka in den Armen von Patrick Schutz suchen wollte, stiess dieser dem Besoffenen die Faust ins Gesicht, dass er kopfüber neben einer alten Heiligenfigur der Karlsbrücke ins Wasser plumpste.

„Bravo", riefen einige Schaulustige, und „Halt, mitkommen, alle beide", meinte mit scharfem Ton einer der inzwischen scharenweise eingetroffenen Polizisten. „Die Handschellen klickten um Patricks auf den Rücken gedrehten Handgelenke.

Auf dem zuständigen Revier war es diese Nacht wieder einmal langweilig. Die Prügelei auf der Karlsbrücke wurde auf der Hauptwache behandelt. So kam dem Wachhabenden eine Befragung von Patrick ganz gelegen. Marinka bestand darauf, mit Patrick zur Wache zu gehen, denn sie gab sich als seine Verlobte aus. Der ganz gut deutsch sprechende Beamte verschlang sie mit seinen Blicken.

„Es ist schon zum Verrücktwerden, wenn man eine begehrenswerte Frau liebt! Überall diese verfluchten Voyeure", beklagte sich Patrick im Stillen.

„Sie dürfen die Stadt vorläufig nicht verlassen", schnarrte nun der Polizeioffizier. „Vermutlich wird vom Geschädigten gegen Sie Anklage erhoben wegen schwerer Körperverletzung. Er liegt im Krankenhaus!"

„Ist er nicht ersoffen? Schade, denn da hätte die Welt einen Lüstling weniger!"

„Mässigen Sie sich. Hier bei uns gelten Recht und Ordnung. Die Rechnung für den Einsatz der Polizeitaucher könnte Ihnen noch hoch zu stehen kommen. Ebenso der Krankenwagen und die Kosten des Spitalaufenthaltes. Noch ein einziges freches Wort, und ich nehme Ihnen den Pass ab."

„Klären Sie, Herr Hauptkommissar, die Einzelheiten beim deutschen Botschafter in Prag. Meine Verlobte erhält in diesen Tagen in Sinne eines Kulturaustausches zwischen Russland und Deutschland vom Auswärtigen Amt in Berlin eine offizielle Einladung zu einer Konzerttournee", klopfte Patrick auf den Busch.

„Die Beziehungen zwischen euch Russen und Deutschen gehen mich einen Dreck an. Beide Nationen haben uns lange genug geknechtet!"

Sie vergessen die Zeit der Donaumonarchie unter dem Zepter des Kaisers in Wien!", erwiderte Patrick.

„Da war wenigstens noch Ordnung im Staat", knurrte der Kommandant.

„Ja, sobald die Geschichte älter wird, erhält sie einen Glorienschein und wird im Gedächtnis vergoldet. Und die Ausbeuter von damals werden zu Idolen!"

Ob Kommunismus, Sozialismus, Kapitalismus, Nihilismus, Terrorismus, alles versagt", kam der ganze Groll aus dem Polizisten heraus. Ähnliche Worte hatte Patrick doch schon einmal gehört. „Ach natürlich, bei den unvergesslichen Gesprächen mit unserem Ilja, Marinkas Vater. Wie sich doch Gedankengänge über Kulturen und Völker hinweg gleichen, besonders bei Menschen, die schon einige Jahrzehnte auf dem Buckel haben!"

Um diese heiklen Weltanschauungen etwas zu zerstreuen, meinte Patrick: „Warten Sie auf eine Beförderung?", mit einem etwas süffisanten Lächeln.

„Ja, warum denn nicht?", bellte der Polizist zurück.

„Dann würde ich in dieser heiklen Angelegenheit äusserst vorsichtig sein. Oder wollen Sie eine ernsthafte Krise zwischen den drei hier betroffenen Ländern selbst verantworten und für deren Folgen geradestehen?"

Wortlos wies der Gekränkte die beiden zur Tür, sah ihnen aber etwas nachdenklich nach.

„Man weiss ja nie so recht, wer wirklich was ist", sinnierte er. „Und wegen dieser Typen will ich mir meine Zukunft nicht versauen. Übrigens. Diese Marinka sieht wirklich umwerfend aus!"

21

„Der Herr Botschafter lässt bitten! Nein, nicht Sie", meinte der Sekretär zu Patrick. „Nur Mademoiselle Marinka aus Jakutsk, bitte."

„Entweder wir beide oder niemand", bestand nun Marinka herrisch. Sie befürchtete nämlich erneute Annäherungsversuche des nobeln Herrn. Und zudem wollte sie ihren Stolz geniessen. Der Sekretär zuckte mit den Achseln und verschwand.

Natürlich erst nach geraumer Zeit, wie es sich für gewichtige Leute der Botschaft eines gewichtigen Landes gehört, wurden nun doch tatsächlich beide vorgelassen. Sehr kühl, nein, sogar unterkühlt, überreichte der Botschafter Herr von Hagen Marinka eine Einladung des Auswärtigen Amtes der Bundesrepublik Deutschland für eine Konzertreihe in Berlin, Hamburg und tatsächlich auch für Lindau.

„VIP-Status ist garantiert. Vorläufig befristeter Aufenthalt für zwei Monate. Honorar, Unterkunft, Spesen und dergleichen mehr behandelt der Verein für

Kulturförderung zwischen der Russischen Föderation und der Bundesrepublik Deutschland. Ihr Flug ist für nächsten Samstag bereits reserviert. Willkommen in meiner Heimat." Dies alles schnatterte Herr von Hagen säuerlich herunter. Der obligate Handkuss blieb aus.

„Also dann, adieu Prag. Wir sehen und wieder in besseren Zeiten", lächelte Patrick seine Marinka an. „Wir werden in Deutschland Verträge für CDs und DVDs aushandeln und die halbe deutsche Presse auf dich ansetzen. Und nun gehen wir dank der globalen Vernetzung der Banken hier in eine Niederlassung der Deutschen Bank. Dort hat doch dein Papa für dich ein Konto eröffnet. Kennst du das Passwort?"

„Ja, aber ich sage dir dies erst, wenn wir verheiratet sind!", meinte Marinka verschmitzt.

„Wollen wir noch hier in Prag oder erst in Lindau heiraten?"

„Später! Ich merke: Du willst nur an das Passwort heran. Zunächst muss ich noch eingehend deine Aufrichtigkeit und Treue prüfen!", erwiderte sie lächelnd. „Sonst ersäufe ich dich zuvor in der Moldau oder dann im Bodensee!"

Was die beiden blind Verliebten und völlig Arglosen völlig ausser Acht liessen: Einer von den neuen russischen Auslandsgeheimdiensten überwachten Marinka und ihren Begleiter in Prag und Deutschland praktisch lückenlos. Das war bei jedem einigermassen interessanten Russen meist der Fall. Hier aber war die Schmach von Jakutsk noch nicht vergessen. Diese Marinka wurde doch früher von diesem Ilja gesponsert. Da musste was faul sein für jeden patriotisch denkenden Geheimdienstmann. Das Doppelleben dieses verfluchten Deutsch-Russen, seine angeblich verschwundene Tochter und zum andern nun das „Rotkäppchen unter den Wölfen im Wald", das als weltberühmte Geigen-Virtuosin von Jakutsk nach Prag reiste und von dort nach Berlin?

Väterchen Staat vergisst nie, auch wenn offiziell die Akte geschlossen ist.

22

Glanzvolle und glamouröse Auftritte in Berlin und Hamburg waren durchlebt. Die Presse war nicht nur gnädig, sondern voller Lob. Einerseits bestimmt durch das Können von Marinka, und zum andern natürlich auch für ihre geheimnisvolle und geradezu elektrisierende Schönheit. Dazu kommen vielleicht auch das ewige Schuldgefühl der Deutschen gegenüber den Russen wegen der jüngeren Geschichte und auch die alte gegenseitige Bewunderung und Hass-Liebe dieser zwei grossen Nationen.

Nun waren sie in Patricks Heimatstadt Lindau. Die Kulturgrössen konnten zwar den ausdrücklichen Wunsch Marinkas nicht verstehen, dort aufzutreten. „Da sind doch in Deutschland hundert andere weit bedeutendere Städte für den Auftritt interessanter!", meinte man unisono.

Patricks Eltern waren mächtig stolz, ihren weit gereisten Jungen wieder zu sehen. Sie begegneten auch Marinka mit Ehrerbietung und Freude sowie natürlich auch etwas Neugierde.

Auf der Spurensuche von Marinkas Vater Ilja in Friedrichshafen wurden sie nicht fündig. Eigenartig, die deutsche Gründlichkeit holt doch sonst alles Alte ans Tageslicht. Vielleicht war „man" in den Archiven nicht gewillt, einen ehemaligen Überläufer zu den Russen zu finden. Verwandtschaft gab es seltsamer Weise auch nicht. Was soll's! Ilja ruhte in russischer Erde wohl recht gut. Und sein Geist ruhte in einer anderen Sphäre, die keine Grenzen und Nationalitäten kennt.

Sie wohnten im schönen Hotel „Bayerischer Hof", direkt an der Seepromenade, in der historischen Altstadt auf der Insel, die mit Damm und Brücke mit dem Festland verbunden ist.

„Es ist wirklich wie ein Märchen", meinte Marinka verzückt. „Was hast du nur für eine schöne Heimat! Auch der Bodensee ist schön, aber für uns Russen doch etwas klein!"

„Hör doch bitte auf damit", bat Patrick. „Es muss nicht alles in russischen Dimensionen sein, um grossartig zu wirken. Sieh' mal dort am Hafen: Der stolze Bayrische Löwe, unser Wappentier! Erhaben blickt er über den See, hinüber nach Vorarlberg und in die Schweiz. Vermutlich kommen meine Vorfahren von dort. Jedenfalls deutet mein Familienname darauf hin. Wenn wir drüben in der Schweiz mal ankommen, so nenn den Bodensee nicht ‚das

Schwäbische Meer' Das beleidigt die Ohren mancher Eidgenossen!"

„Solche Probleme sollte man in Sibirien haben", lächelte Marinka etwas traurig und zugleich entzückt beim Anblick der schneebedeckten Alpen, die über den See grüssten. „Leute, kommt doch endlich im einundzwanzigsten Jahrhundert an und befasst euch mit den wirklichen Problemen unserer Zeit!"

„Und das sagt ausgerechnet eine Russin aus Sibirien", entgegnete Patrick.

„Vergiss nicht, Liebster, ich bin ein Mischmasch zwischen deutschem und russischem Blut. Und meine Grossmutter war sogar eine ehemalige Jakutin!"

„Genau diese Mischung macht dich zu einem Wesen voller Geheimnisse und Schönheit!"

„Ehrlich oder Heuchelei?"

„Wer bei dir heuchelt, den sollte man wirklich im Bodensee ersäufen!"

„Also, sieh dich vor!" Marinka meinte dies spasshaft und doch auch mit einem Hauch von Ernsthaftigkeit.

23

Zürich, einer der (noch?) grössten Finanzplätze der Welt, ist allemal eine Reise wert. Besonders wenn man dort ein Konto besitzt. Durch die Krise ist man auch hier zurückhaltender und vorsichtiger geworden. Die einst so stolzen Grossbanken und auch die vielen Privatbanken mit alter Tradition geben sich zwar immer noch den Nimbus der Zuverlässigkeit und Sicherheit. Aber das Image ist zum Teil sehr angekratzt.

Auch die diskrete Eleganz der alten Häuser an der Bahnhofstrasse, behäbige Zunfthäuser in der Altstadt und am Limmatquai, die altehrwürdigen Stadtkirchen, die von der Reformation zeugen, alles gibt zwar dem Besucher immer noch ein Gefühl von Sicherheit.

Aber man ist wachsamer, kritischer und vorsichtiger geworden, sogar manchmal misstrauisch. Dazu hatten aber Patrick und Marinka wenig Grund, denn die Höhe ihres Kontos, immerhin einige hunderttausend Franken, konnte immer noch aus der „Portokasse" ausgeglichen werden. Sie wurden demnach auch gar nicht in die sogenannte „Teppichetage" der Bank gebeten.

Hier wurde schon manche Krise ausgesessen. Bankgeheimnis hin oder her, durchlöchert oder nicht. So schnell geht die Confoederatio Helveticae nicht unter. Und Zürich schon ganz und gar nicht. Geifernde Finanzminister verschiedenster Staaten sollen sich vielleicht etwas zurücknehmen. Es könnte für einige einen Bumerang-Effekt haben. Zudem können heutzutage mit wenigen Mausklicks mittlere oder grössere Beträge zum Beispiel nach Singapur überwiesen werden, bevor die Steuerfahndung eintrifft oder dann beim Empfang mit einem Cüpli willkommen geheissen und aufgehalten wird. Gewiss, man kann solche Transaktionen nachvollziehen. Aber was nützt dies, wenn die dortigen Gesetze respektiert werden müssen?

Hier in Zürich und überhaupt in der Schweiz wurde auch nicht so masslos geklotzt und auf Pump gelebt wie in den USA. Hier floss das Geld des Staates auch nicht ab, um auf der halben Welt Polizist zu spielen und die wahren Werte der Demokratie aufzuzwingen, die man dort in solcher Form ja gar nicht wollte. Manches ist also in der Zwingli-Stadt trotz Überhitzung durchaus real geblieben.

Gewiss, auch hier kochte die Volksseele. Aber wie lange? Bis zum nächsten Länderspiel im Fussball, und bis zur nächsten alpinen Skiweltmeisterschaft? Wie sagte ein alter römischer Kaiser? „Gebt dem Volk Brot und Spiele!"

Was fällt dem Besucher aus anderen Ländern in Zürich am meisten auf? Die Sauberkeit, das kleinkarierte und gleichzeitig auch wieder weltoffene Denken, eine Weltstadt im Kleinformat, in der man von der City aus in wenigen Minuten in bewaldeten Hügeln spazieren gehen kann. Natürlich der See und im Hintergrund die schneebedeckten Glarner Alpen. Eine kulinarische Vielfalt sondergleichen, denn Zürich hat im Verhältnis zur Bevölkerung die meisten Restaurants aller Städte der Welt. Dazu die exorbitanten Preise, denn meistens weiss nur der Einheimische, was man wo viel günstiger haben kann. Und über alles und jedes hat hier am Schluss immer das Volk das Sagen. Abstimmungen und Wahlen über dies und jenes sind hier praktisch vierteljährlich angesagt.

Patrick und Marinka schauten verträumt vom Balkon ihres Hotels „Waldhaus Dolder" über die Dächer der Stadt und genossen das grossartige Panorama. „Hier, an diesem See, etwas abseits, möchte ich mit dir alt werden", meinte Patrick zu Marinka.

„Jeder vierte Einwohner in dieser Stadt ist Ausländer. Da kommt es auf zwei weitere nicht mehr an, zumal ich eigentlich auch Schweizer Blut in meinen Adern habe! Meine Vorfahren sind aus einer kinderreichen Familie in den Hungerjahren des achtzehnten Jahrhunderts aus dem Appenzell nach Deutschland ausgewandert."

„Aber ich verrate dir mein Codewort für die Banken erst in der Hochzeitsnacht. Dann können wir uns vielleicht an diesem See, der so breit ist wie bei uns in Sibirien ein Fluss, eine Wohnung kaufen."

„Ich weiss, du kannst Sibirien nicht vergessen. Hier gelten andere Grössenordnungen, und der Himmel ist nicht so weit. Aber hier haben wir Frieden und hier finden wir Erfüllung! Ich beantrage so schnell wie möglich eine Aufenthaltsbewilligung für uns. In Heiden, einem schönen Kurort im Appenzellerland, der wie ein Balkon über dem Bodensee thront, will ich in alten Taufregistern der Kirche und den Behörden stöbern und unseren Stammbaum ausfindig machen. Dies erleichtert vielleicht unsere Sache!

In der Schweiz ist im Gegensatz zu manchen anderen Ländern praktisch nichts an alten Dokumenten durch Kriege verbrannt und zerstört worden. Man kann hier Jahrzehnte und Jahrhunderte zurückforschen!"

„Einerseits gewiss schön; zum andern aber ist es manchmal auch gut, wenn die Vergangenheit begraben ist", meinte Marinka.

„Mädchen, musst du immer das letzte Wort haben?"

„Wenn dieses gescheit ist, warum denn nicht", schmunzelte Marinka und verschloss Patrick mit einem warmen Kuss den Mund, damit dieser wirklich nicht das letzte Wort hatte.

24

Der „Erlös" aus den Konten verschiedener Banken in verschiedenen Ländern war trotz Crash immer noch ansehnlich.

Patrick und Marinka heirateten an einem idyllischen Ort, nämlich auf der Insel Ufenau im Zürichsee. Das dortige kleine Kirchlein, über tausend Jahre alt, ist ein beliebter Ort für Hochzeiten. Obschon die Insel dem Kloster Einsiedeln gehört, können dort auch andre Konfessionen Trauungen durchführen. Marinka bedauerte sehr, dass weit und breit kein russisch-orthodoxer Pope aufzutreiben war und die Zeremonie nach evangelischem Brauch durchgeführt wurde.

„Aber Liebste, das spielt doch keine Rolle!", meinte Patrick etwas ungeschickt. „Wichtig ist, dass wir vor dem Gesetz und vor Gott Mann und Frau sind. Denk doch mal daran, dass dein Vater aus Friedrichshafen aus einer schwäbischen Pietisten-Bewegung kommt. Und ich bin auf dem Papier römisch-katholisch. Ich bin dankbar für ein Gebet um Segen, gleich von welchem Geistlichen. Wir haben alle denselben Gott!"

„Du musst noch viel lernen, um mich ganz zu verstehen", lächelte Marinka etwas wehmütig. Versprich mir, wenn wir wieder einmal in Jakutsk sind, dass uns dort ein Pope auch noch segnet."

„Wenn du es wünscht, so gehe ich mit dir sogar zum Dalai Lama!"

„Spotte nicht über heilige Dinge!"

„Nein, ich will dich nur innerlich entlasten und dich von deinen doch etwas schwermütigen russischen Seelengedanken erlösen."

„Dann wäre ich nicht mehr ich!"

25

Irgendwo am schönen Zürichsee wohnten die beiden. Immer blieb aber für Marinka die Sehnsucht nach den Weiten Sibiriens. Inzwischen besassen sie den Schweizer Pass, und zwar einen echten und nicht gefälschten!

Ab und zu reisten beide nach Sibirien. Es waren immer spezielle Augenblicke, wenn sie die zerfallene Hütte im Wald besuchten. Sie wollten diese wieder aufbauen. Das Grab von Marinkas Mutter war verwildert. Und die Leiche von Ilja verschwand für immer in Moskaus Geheimdienstgewölben. Trotzdem war ihnen der Ort lieb und wert, denn die Schwingungen des Geistes zogen von dort viel leichter in andere Sphären. Ob man sich einmal wiedersieht in einem anderen Leben?

Im Lärm und Stress der industrialisierten Welt fand man kaum Zeit und Raum für solche Gedanken. Dazu braucht es die Weite, Abgeschiedenheit und die Ruhe jener Gegend. Der unermesslichen Taiga Sibiriens, dessen Grösse, ja Unendlichkeit man wohl nie ganz ermessen und begreifen kann.

26

Was die beiden leise befürchteten, wurde ihnen bald einmal schmerzlich bewusst: Der russische Geheimdienst war sogar hier mit einer „Ablage" präsent und verfolgte noch eine Zeitlang jeden ihrer Schritte. Aber was konnten diese „Brüderchen" tun, wenn Marinka als inzwischen weit herum bekannte Künstlerin hier mit offenen Armen aufgenommen wurde?

Die Schmach von Jakutsk klebte weiter an den doch so empfindlichen Leuten dieser Organisationen. Man musste sogar höllisch aufpassen, dass die Presse und die Medien allgemein keinen Wind davon bekamen. Das wäre ein gefundenes Fressen für diese sensationslüsterne Meute, die so gerne über ihre russische Heimat herziehen.

Zudem liess der Auslandsdienst der Schweizer Geheimpolizei sanft durchblicken, dass man die Aktivitäten der Russen genau verfolge und Patrick und Marinka über gewisse Aktivitäten orientieren könne.

„Was bilden sich denn diese kleinen Schweizer eigentlich ein", tobte in Moskau wieder mal ein Vorgesetzter, der vermutlich durch eine „Heldentat" auch auf Beförderung wartete. Siehe da: Diese kam für den Tobenden ganz unerwartet. Marinka erinnerte sich an die Festplatten, die sie aus dem verlassenen Stollen mitnahm. Jetzt konnte sie ihrem Vater damit nicht mehr schaden, vielleicht aber ihrem Heimatland einen Dienst erweisen.

Bei einem etwas kühlen Treffen mit einem Geheimdienstmann, das durch einen Schweizer Kurier vermittelt wurde, übergab Marinka diese für Russland wohl hoch brisanten Daten, mit dem ausdrücklichen Wunsch, endgültig und für immer in Ruhe gelassen zu werden.

„Denn vielleicht bin ich sonst so gerissen, Kopien andernorts zuzuspielen", meinte Marinka mit blitzenden Augen. „Ich liebe meine alte Heimat nach wie vor! Ich liebe Russland! So lange Ihre Observation ruht, so lange ruhen auch die Kopien an einem der sichersten Orte der Welt, nämlich in irgendeinem verschwiegenen Tresor einer verschwiegenen Schweizer Bank! Im Fall meines Verschwindens sind Staranwälte bevollmächtigt, diese Disketten zu veröffentlichen und einen Skandal vom Zaun zu brechen, der sich gewaschen hat!"

Innerlich wutschnaubend und äusserlich gelassen willigt der Mann ein. „Verdammtes, aber unglaublich hübsches Luder!", fluchte er unhörbar vor sich hin. „Aber was konnte man denn sonst tun? Entführen und Foltern? Nein, die Presse! Und dazu, wenn dies wahr ist, diese verfluchten Kopien im Tresor einer Bank!

Aber man konnte jetzt endlich die wichtigsten Verschwörer entlarven. Diese hatten sich klugerweise inzwischen längst abgesetzt. Aber nun blieb wohl das riesige Gebiet weit im fernen Sibirien weiterhin im Schoss von Mütterchen Russland wohl bewahrt.

Vielleicht so lange, bis wieder einmal ein paar Verrückte versuchten, neue Verhältnisse zu schaffen. Aber jetzt war man vorsichtiger und vorbereitet!

27

„Eigentlich nette Leute, dieser Deutsche und die Russin", meinten die Nachbarn zueinander. „Es ist nicht zu verstehen, dass diese Nationen sich einerseits bis aufs Blut bekämpfen und andererseits immer auch bewundern. Der Mensch ist schon ein komisches Geschöpf!"

Natürlich meinten damit die Schweizer Nachbarn von Patrick und Marinka alle anderen, nur nicht sich selbst.

„Aber die beiden sind ja nun Schweizer Bürger!", warf einer dieser Nachbarn ein.

„Papperlapapp, wenn es darauf ankommt, so sind sie doch wieder die alten Nationalisten!"

„Und wir etwa nicht?"

„Ja, das ist etwas ganz anderes!"

„Natürlich, bei uns ist das immer ganz anders! Aber wir wollen doch mal versuchen, sie zu uns zu einer Grillparty einzuladen."

„Damit du diese Marinka etwas näher bewundern kannst!", meinte die Frau des Grillmeisters.

„Sicher, du bist nämlich auch schön, wenn du eifersüchtig bist!"

„Sonst aber nicht! Vorsicht: Auch dieser Patrick kann jemanden zum Kribbeln bringen!"

„Der hat nur Augen und Sinn für seine Russin!"

„Gut, wenn dir das vorneherein im Klaren ist!"

Patrick fand einen interessanten Job in einer Werbeagentur in Zürich. Mit neuen Ideen, die nicht zuletzt aus seinen Erlebnissen in Asien befruchtet wurden, träumte er davon, eines Tages vielleicht eine eigene kleine Firma zu gründen.

„Wer nicht wirbt, stirbt!" oder ähnliche Slogans schwirrten ihm bereits im Kopf herum. Nur ist es leider so, dass ein gewisser Kundenstamm vorhanden sein muss, dass er für eine gewisse Zeit ein sogenanntes Konkurrenzverbot unterschrieben hatte, und dass, sobald es der Wirtschaft etwas schlechter läuft, zuerst bei den Werbeausgaben gespart und abgespeckt wird.

„Nun, es eilt nicht; aber ich behalte diesen Traum im Auge!", meinte er zu seiner Frau.

Marinka spielte oft die erste Geige im Zürcher Tonhalle-Orchester, das auch auf Tournee ging in manche andere Stadt in anderen Ländern. Es war selbstverständlich, dass sie dann jeweils von Patrick begleitet wurde. Aus Liebe oder/und Eifersucht? Nun, sie erlebten beide beides!

Gregor aus Berlin besuchte die beiden ab und zu, und zwar mit seiner Freundin aus Polen. Die Völkerverständigung, wenigstens im kleinen Kreis, nahm ihren Lauf. Sie wurden jedes Mal begrüsst mit Brot und Salz, und das am Zürichsee!

Als ihr Sohn das Licht der Welt erblickte, wurde er auf den Namen Ilja getauft. Ob dieser darüber später glücklich sein würde? Na ja, die Welt ist heute ein Dorf! Oftmals aber immer noch ein sehr grosses Dorf.

Es wäre schön, wenn dies so bliebe!

Epilog

Jedermann ist völlig klar, dass jedes Jahr Millionen von Menschen gerne in die USA einreisen und dort bleiben würden. Dass dies nicht möglich ist, trotz der unendlichen Grösse der Vereinigten Staaten, ist jedem ebenso klar. Darum also auch die strengen Einwanderungsbestimmungen.

Ist aber auch manchen klar, dass jedes Jahr am liebsten Hunderttausende in die kleine Schweiz einreisen und bleiben möchten? Im Zweiten Weltkrieg machte ein Wort von sich reden, das damals gewiss nicht angebracht war: „Das Boot ist voll!"

So voll war dieses Boot denn nun doch nicht, wenn man an die rundherum wütende Verfolgung und menschliche Katastrophe denkt.. Auch wenn man an die humanitäre Mission und Verantwortung des Landes denkt, das sich rühmt, dass einer seiner Söhne Begründer des Roten Kreuzes war.

Aber irgendwann ist das Boot halt doch voll! Wann? Nun, das ist Ansichtssache und nicht so leicht zu beantworten. Die Hälfte unseres Landes sind Gebirge und Seen. Wenn dann irgendeinmal vom Bodensee bis zum Genfersee eine einzige Stadt besteht, könnte das Boot wirklich übervoll sein.

Aber was ist das alles zum Beispiel im Vergleich zu Bangladesh. Dort bahnt sich mehr und mehr eine wirkliche Katastrophe an. Das Land besitzt eine Fläche, die dreieinhalb Mal so groß ist wie die der Schweiz. Und die Bevölkerung? 153 Millionen! Einfach unvorstellbar! Es ist dies die höchste Bevölkerungsdichte aller Flächenländer der Welt. Steigt der Meeresspiegel nur um einen einzigen Meter an, so werden dort zwanzig Prozent der Landfläche verschwinden. Und wie viele Dutzende von Millionen Menschen?

Eine Zeitbombe tickt dort, gegenüber der die Probleme bei uns in Europa direkt „harmlos" sind.

Darum mit aller Vorsicht in die Zukunft. Aber im Boot haben noch einige arme und verfolgte Geschöpfe Platz; nicht nur Reiche und Angesehene! Und zwar in manchen Ländern dieser Welt, wenn immer guter Wille vorhanden ist.

Eigentlich sollte man solche begrüssen

mit Salz und Brot

und zu wahren Freunden machen!